몽테크리스토 백작 1

일러두기

- 이 책은 Alexandre Dumas, 『*Le comte de Monte-Cristo*』 Tome I, II, III, IX(Project Gutenberg, 2006)를 참고했습니다.

진형준 교수의 세계문학컬렉션

25

알렉상드르 뒤마 지음

몽테크리스토 백작 1

Le comte de Monte-Cristo

살림

알렉상드르 뒤마

프랑스 사진작가·만화가·소설가·저널리스트 나다르의 1855년 사진 작품.

빌레르코트레의 알렉상드르 뒤마 조각상

알렉상드르 뒤마가 태어난 프랑스 북부 엔 주 빌레르코트레 마을 광장에 서 있는 뒤마의 조각상. 프랑스 조각가 카리에 벨뢰즈의 1885년 작품이다. 아버지 토마 알렉상드르 뒤마는 나폴레옹 군대의 장군이었는데, 뒤마가 4세 때인 1806년 죽는 바람에 집안 형편이 몹시 어려워졌다. 이 때문에 뒤마는 정규 교육을 거의 받지 못했다. 9세인 1811년 고향 마을의 학교에 들어가 11세까지 다닌 것이 전부였다. 13세 때까지 그가 읽은 책이라고는 『성경』, 신화 이야기, 뷔퐁의 『자연사』, 그리고 『로빈슨 크루소』와 『천일야화』뿐이었다. 하지만 글씨는 아주 잘 써서 공증인 사무소 심부름꾼으로 채용되었다. 뒤마는 10대 시절에 훗날 극장 감독 겸 오페라 대본 작가가 되는 아돌프 드 뢰방을 만나 처음으로 현대시를 접하게 되었다. 또 그와 함께 가벼운 희극 작품을 쓰기도 했는데 모두 퇴짜를 맞았다.

「민중을 이끄는 자유의 여신 La Liberté guidant le peuple」

프랑스 화가 외젠 들라크루아의 1830년 작품. 1830년에 일어나 성공한 7월혁명을 기념하는 그림이다. 20세 때인 1822년 뒤마는 파리로 가 오를레앙 공작 루이 필리프의 비서실에서 일하게 되었다. 오래전 죽은 아버지의 명성이 아직 남아 있던 덕분이었다. 생계가 안정되자 그는 1825년부터 몇 편의 희극을 썼으며, 1829년 발표한 희극『앙리 3세와 그의 궁정(Henri III et sa cour)』과 희극『크리스틴, 또는 스톡홀름, 퐁텐블로와 로마(Christine, ou Stockholm, Fontainebleau et Rome)』(1830)가 잇달아 성공을 거두어 유명 작가가 되었다. 특히 부르봉 왕가의 통치에 반대하여 1830년 일어난 7월혁명으로 자신이 모시던 오를레앙 공작이 루이 필리프 1세로 왕위에 오른 것과, 사회가 조금씩 안정되고 부르주아 계급이 정권을 잡으면서 산업화가 본격 시작된 시대 상황이 뒤마에게는 큰 도움이 되었다. 경제 발전과 더불어 언론 검열이 사라지자 뒤마의 문학적 재능이 더욱 활짝 꽃을 피울 수 있는 환경이 만들어졌다.

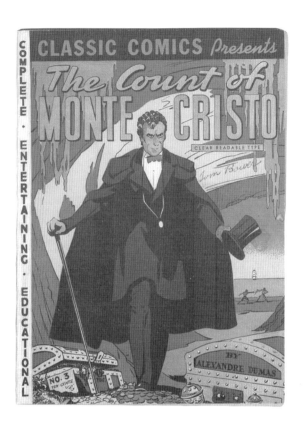

만화『몽테크리스토 백작』

1942년 출간된 영어판 만화『몽테크리스토 백작』. 또 다른 뒤마의 대표작『삼총사(*Les Trois Mousquetaires*)』(1844)와 마찬가지로『몽테크리스토 백작』역시 신문 연재소설로 첫선을 보였다.『주르날 데 데바(*Journal des Débats*)』에 1844년 8월부터 1846년 1월까지 연재되었다. 연재 당시부터 큰 인기를 끌어 오늘날 인기 텔레비전 드라마처럼 사람들은 날마다 집에서든 길거리에서든 일터에서든 이 작품 이야기를 하곤 했다. 『몽테크리스토 백작』은 지금까지 세계 거의 모든 언어로 번역이 되었으며, 여전히 대부분의 나라에서 스테디셀러로 자리 잡고 있다.『벤허』등 무수한 문학 작품에 영향을 미쳤을 뿐 아니라 영화로도 약 30여 편이 제작되었으며, 그 밖에 만화, 텔레비전 드라마, 연극, 오페라, 뮤지컬, 비디오게임에 이르기까지 다양한 분야에서 재창작되고 있다.

「이프성 Château d'If」

에드몽 당테스가 갇혔던 이프 성의 모습을 그린 프랑스 건축가 블롱델의 1641년 작품. 프랑스 남부 항구도
시 마르세유 1.5킬로미터 앞바다 이프섬에 위치한 이프 성은 처음에는 프랑수아 1세의 명령으로 1527년
부터 1529년 사이에 방어용 요새로 건설되었다. 그러다가 외딴 위치와 거센 조류 때문에 탈출이 불가능
해 교도소로 사용되기 시작했으며, 곧 정치적·종교적 억류자를 수감하는 감옥으로 악명을 떨쳤다. 18세기
들어서 3,500명의 칼뱅주의자 프로테스탄트가 수감되기도 했는데, 『몽테크리스토 백작』의 배경이 된 덕
분에 더욱 유명해졌다. 1890년부터 교도소 기능을 마감하고 일반에 공개되었으며, 1929년 역사 유적으로
지정되었다.

몽테크리스토 백작 1 **차례**

몽테크리스토 백작 2 **차례**

제 1 권

무서운 음모

　　　　　1815년 2월 24일, 노트르담 드라가
르드 망루에서, 파라옹호가 보인다는 신호를 올렸다. 스미르
나와 트리에스테를 거쳐 나폴리로부터 오고 있는, 돛을 세 개
단 배였다. 뱃길 안내원이 곧 항구를 출발해 이프 성을 지나
배로 다가갔다. 곧이어 해안 전망대에는 구경꾼들로 북적였
다. 마르세유에서 배가 들어오는 일은 작은 사건이 아니었기
때문이었다.

　배가 점점 가까이 다가왔다. 그런데 뭔가 이상하게 침울한
분위기가 감돌고 있음을 사람들은 느낄 수 있었다. 사람들은
배에 무슨 일이 있었던 게 틀림없다고 수군거리기 시작했다.

구경꾼들이 모두 불안해했지만 그중에서도 특히 마음이 편치 못한 사람이 있었다. 바로 파라옹호의 선주인 모렐 씨였다. 그는 배가 항구에 들어올 때까지 기다릴 수 없었다. 그는 작은 보트에 뛰어올랐다. 함께 보트에 오른 선원이 파라옹호를 향해 노를 저었다. 이내 보트는 파라옹호와 맞닿을 정도로 가까이 갔다.

한 청년이 배를 지휘하고 있었다. 열여덟에서 스물쯤 돼 보이는 청년이었다. 검은 눈이 아름답게 빛나고 있었고 머리칼은 칠흑 같았다. 몸 전체에 침착함과 단호함이 흘렀다. 청년은 보트가 다가오는 깃을 보자 모자를 벗어들더니 뱃전에 몸을 기대고 모렐 씨를 바라보았다.

선주가 청년에게 말했다.

"아, 당테스 자네로군. 그런데 무슨 일이 있었나? 왜 이렇게 배에 침울한 분위기가 감돌고 있는 건가?"

"모렐 씨, 아주 불행한 일이 일어났습니다. 선장님께서 돌아가시고 말았습니다. 뇌막염에 걸리신 거지요. 나폴리를 떠난 직후였습니다. 저희가 장례식을 치러드렸습니다."

"저런, 어쩌다가 그런 일이. 그러면 짐은?"

"네, 짐은 안전합니다."

청년은 배가 안전하게 정박할 수 있도록 계속 명령을 내렸다. 돛이 모두 내려가고 배가 항구에 무사히 들어섰다. 선주는 당테스가 던져주는 밧줄을 잡고 배 위로 올라갔다. 그가 배에 오르자 당테스가 말했다.

"아, 마침 회계를 맡고 있는 당글라르가 저기 오는군요. 저 사람이 자세한 이야기를 해드릴 겁니다. 저는 닻 내리는 것을 지휘하러 가야겠습니다."

그는 당글라르와 모렐 씨를 남겨두고 배 뒤편으로 갔다. 당글라르는 스물대여섯 정도 된 어두운 인상의 사내였다. 그는 윗사람에게는 굽실거리고 아랫사람에게는 오만한 사람이었다. 에드몽 당테스가 선원 모두에게 사랑을 받는 데 비해 그는 모든 선원들에게 미움을 받고 있었다.

당글라르가 모렐 씨에게 말했다.

"르클레르 선장님은 정말 훌륭하신 분이었는데 돌아가셨습니다. 나이가 많으시고 경험도 많아서 모렐 상사 같은 중요한 상사의 이익을 위해 꼭 필요한 분이셨는데요."

"사실이야. 정말 용감한데다 정직했는데. 하지만 당글라르,

꼭 나이가 많은 사람만 선장 일을 잘하라는 법은 없어. 저기 에드몽을 좀 보게. 아직 젊은데 정말 잘해내고 있지 않은가?"

"그러네요." 당글라르는 입으로는 시인을 하면서도 눈은 시기심과 증오로 불타고 있었다. 그는 덧붙여 말했다.

"하지만 젊으니까 겁도 없더군요. 선장이 죽자 제멋대로 배를 지휘하던 걸요."

"선장이 없으면 일등 항해사가 책임지고 지휘하는 건 당연하지."

"글쎄, 그게 문제입니다. 웬일인지 오던 길에 엘바섬을 향하더군요. 게다가 거기서 하루 만이나 머물렀어요. 왜 그랬는지는 아무도 아는 사람이 없습니다."

"그래? 배에 무슨 이상이 있는 게 아니라면 거기서 하루 반이나 머문 건 좀 이상하군."

선주는 당테스를 불렀다.

"이보게, 당테스! 이리 좀 와보겠나."

당테스는 "곧 가겠습니다"라고 답한 후 닻을 내리던 일을 마무리 하고 배에 조기 올리는 일도 지휘 감독했다. 그 모습을 보고 당글라르가 말했다.

"저것 보십시오. 자기가 벌써 선장이 된 것처럼 저런다니까요."

"사실상 선장이 아닌가? 저 사람이 선장이 되지 못할 이유가 없지."

순간 당글라르의 얼굴빛이 어두워졌다. 이윽고 당테스가 선주에게 와서 말했다.

"죄송합니다. 이제야 닻을 다 내렸네요. 무슨 시키실 일이라도 있으신지요?"

"한 가지 물을 게 있어서. 엘바섬에 배를 댔었다며? 왜 그런 건가?"

"저도 이유는 모릅니다. 르클레르 선장님이 돌아가시면서 부탁을 하셨기에 갔던 겁니다. 제게 소포를 하나 주시면서 베르트랑 대원수께 전해달라고 하셨습니다."

"그래 그분을 만났나?"

"네."

모렐은 당테스를 옆으로 데리고 가더니 주위를 살피며 물었다.

"그래, 폐하도 뵈었나? 어떻게 지내시던가?" 그는 엘바섬에 유배 중이던 나폴레옹의 안부를 물은 것이었다.

"제가 보기엔 잘 지내고 계셨읍니다."

"그렇다면 정말로 폐하를 뵈었단 말이군."

"베르트랑 대원수께 소포를 전해드릴 때 그곳에 들어오시더군요."

당테스는 나폴레옹이 자기에게 말도 건넸다고 말했다. 그러자 선주는 당테스의 어깨를 두드리며 말했다.

"당테스, 잘 했어. 하지만 조심하게. 자네가 대원수와 폐하를 만난 걸 사람들이 알면 안 된다네. 그렇게 되면 안 좋은 일이 생길 수도 있으니 조심하게."

"선주님, 안 좋은 일이 생길 수도 있다니요? 저는 제가 뭘 전달했는지도 모르는데요. 폐하께서 별 말씀 해주신 것도 아니고. 아, 저기 검역관이 세관 사람과 함께 오는군요. 잠시 실례하겠습니다."

당테스가 사라지자 이번에 당글라르가 모렐 씨 곁으로 다가왔다.

"당테스가 뭐라고 하던가요?"

"자기 할 일을 한 거더군. 르클레르 선장의 심부름을 한 거야."

"선장님 심부름이라고요? 그렇다면 당테스가 선주님께 편지 이야기는 않던가요?"

"편지라니?"

"르클레르 선장이 소포와 함께 편지도 부탁했을 걸요."

"소포? 편지? 그게 다 무슨 말인가? 자넨 그걸 어떻게 그리 다 아나?"

그러자 당글라르가 얼굴이 붉어지며 말했다.

"제가 둘이 있을 때 우연히 그 방 앞을 지났습니다. 그래서 선장이 소포와 편지를 전하는 걸 보게 된 겁니다."

"몰라. 당테스가 가지고 있다면 내게 전해주겠지."

그때 당테스가 되돌아왔다. 그러자 당글라르가 자리를 비켰다.

"이보게, 이제 다 끝난 거지?"

"예. 세관원에게 수하물표를 건네주었습니다. 서류도 주었고요. 이제 일이 다 마무리된 셈입니다."

"그럼 같이 저녁이나 할까?"

"죄송합니다, 선주님. 우선 아버님을 찾아뵈어야 해서."

"그래, 자넨 참 효자야. 그럼 아버님을 찾아뵌 후 내게 오겠나?"

"정말 죄송합니다, 선주님. 아버님을 뵙고 나서 또 한 군데 가봐야 할 데가 있어서."

"아 참, 내가 잊고 있었구먼. 그 예쁜 메르세데스가 자네를 애타게 기다리고 있지? 그동안 내게 세 번씩이나 와서 파라옹호 소식을 묻더군. 그런 예쁜 애인이 있다니 자네는 복 받은 친구야."

애인이라는 말에 그는 정색을 하고 말했다.

"선주님, 그녀는 제 애인이 아닙니다. 제 약혼녀예요."

"그래, 맞아. 아주 귀한 약혼녀지."

"선주님, 제게 한 두어 주 휴가를 주실 수 없겠습니까? 결혼도 해야 하고 그러고 나서 파리에 갈 일이 좀 있어서요."

"그럼, 얼마든지 쉬어도 좋아. 하지만 석 달을 넘기면 안 되네. 파라옹호가 선장 없이는 떠날 수 없으니까."

청년의 눈이 기쁨으로 반짝였다.

"선장이라고요? 선주님, 저를 정말 파라옹호의 선장으로 임명하시겠다는 건가요?"

"그래. 동업자 동의를 받을 일이 남았지만 반대하지 않을 걸세. 자, 나는 당글라르와 회계 관계를 정산해야 하니 어서 볼일 보러 가게나. 아버지와 메르세데스를 만난 후에 내게 오도록 하게."

당테스는 인사를 한 후 보트에 올라 선원들에게 마지막 지시를 한 후 배에서 내렸다. 모렐 씨는 빙그레 웃음 지으며 그의 뒷모습을 바라보았다. 그가 사라질 때까지 눈을 떼지 않고 있던 모렐 씨는 뒤에서 인기척을 느끼고 뒤를 돌아보았다. 그의 등 뒤에는 당글라르가 서 있었다. 선주의 지시를 기다리느라 서 있는 것 같았지만 실은 그도 선주와 마찬가지로 그 젊은 선원의 뒷모습을 바라보고 있었다. 그러나 한 젊은이를 향한 두 시선에는 완전히 다른 감정이 담겨 있었다.

당테스는 한걸음에 아버지에게 달려갔다. 에드몽 당테스의 아버지 루이 당테스는 멜랑 가 왼쪽에 있는 작은 집 5층 방에 살고 있었다. 그는 기력이 다해가는 노인이었다. 노인은 아들의 모습을 보자 크게 반가워했다.

청년은 아버지에게 르클레르 선장이 돌아가셨고, 모렐 선주의 호의로 자신이 그 자리를 이어받게 될 것 같다는 소식을 전한 후 이어서 말했다.

"아버지, 제가 스무 살밖에 안 되었는데 선장이 되는 거예요. 봉급도 100루이(2,000프랑)나 돼요. 거기다 이익 배당도 받게 돼요. 돈을 받게 되면 우선 아버지께 정원이 있는 작은 집을 사드릴 거예요."

그때였다. 누군가 층계를 올라오는 소리가 들렸다. 청년이 아버지에게 물었다.

"아버지, 누가 올 사람이 있었나요?"

"카드루스일 거다. 양복점을 하는 사람 말이다. 네가 도착한 걸 알고 인사하러 온 걸 기다. 가끔 네게 돈을 빌려주었지."

"마음에도 없는 실없는 소리만 하겠지요. 어쨌든 우리가 어려울 때 도와준 이웃이니까 반겨야지요."

에드몽의 말이 끝나자마자 카드루스의 얼굴이 층계참 문사이에 보였다. 머리는 검었으며 수염이 난 스물대여섯 먹은 남자였다.

"항구에 갔더니 당글라르가 있더군. 그래서 자네가 돌아온 것을 알고 이렇게 자네 손을 잡아보려고 왔지. 그런데 듣자하니 모렐 씨가 저녁식사 초대를 했는데 거절했다고?"

그 소리를 듣고 노인이 놀라서 말했다.

"아니, 그분이 널 저녁 식사에 초대했단 말이냐? 그런데 그걸 거절해? 왜?"

"아버지, 거절한 게 아니에요. 아버지를 우선 뵙고 나중에 가겠다고 한 거지요."

그러자 카드루스가 말했다.

"그 양반이 아무리 사람이 좋더라도 기분이 좀 나빴을 거야. 선장이 되려는 사람이 선주의 기분을 상하게 하면 안 되지."

"이유를 말씀드렸더니 다 이해해주시던데요."

"자넨 다 좋은데 아직 너무 젊어. 선장은 누구보다 선주에게 잘 보여야 하는 법이야."

"전 선장이 되곤 싶어요. 하지만 그런 식으로 되고 싶지는 않아요. 참 아버지, 제가 선장이 되었다는 소식을 전하면 기뻐할 사람이 또 있어요."

"메르세데스 말이냐?"

"네, 아버지. 이제 아버지를 뵈었으니 그녀가 사는 카탈루냐로 가봐야겠어요. 괜찮겠지요?"

아버지가 선선히 허락했다. 그러자 카드루스가 말했다.

"예쁜 여자를 아내로 맞을 수 있으니 자네는 행운아야. 하지만 조심하게. 예쁜 여자들 뒤꽁무니로는 사내들이 따라다니기 마련이야. 그 여자라면 아마 사내들이 줄줄이 열 명 이상 따라다닐 걸세."

에드몽은 카드루스를 흘낏 째려보더니 아버지에게 입맞춤을 한 후 밖으로 나갔다.

카드루스는 잠시 더 노인 곁에 있다가 밖으로 나갔다. 당글라르와 만나기로 약속이 되어 있었던 것이다. 당글라르는 그에게 세나크 가의 모퉁이에서 기다리겠다고 했었다.

그를 보자 당글라르가 물었다.

"그래, 당테스를 만났나?"

"응, 방금 헤어졌어."

"그래, 그놈이 선장이 되고 싶다고 하던가?"

"마치 선장이 다 된 것 같던데."

"흥, 어디 두고 보라지."

"녀석이 선장이 되면 우리가 말도 잘 못 붙이게 되겠지? 난 건방진 놈은 싫은데⋯⋯."

그러자 당글라르가 말했다.

"우리가 마음만 먹으면 그놈 선장이 못 되게 할 수 있어. 오히려 지금보다 더 못하게 만들 수도 있지."

"그게 무슨 소리야?"

"아무것도 아냐. 그냥 해본 말일세. 그나저나 그 자식 아직 그 카탈루냐 여자를 좋아하고 있나?"

"여부가 있나? 거의 미쳐 있지. 그런데 녀석 뭔가 안 좋은 일을 당할 것만 같아."

당글라르가 눈을 반짝 빛내며 물었다.

"그래? 무슨 일인데."

"내가 자주 봤는데 메르세데스가 길거리에 나올 때마다 그 곁에 웬 놈팡이가 늘 붙어 있더군. 카탈루냐 놈인데 아주 건장해 보였어. 메르세데스가 오빠라고 부르던데, 아마 사촌인 모양이야. 그런데 그놈이 제 사촌 누이를 무지하게 좋아하는 눈치야."

"그래? 자네, 당테스가 카탈루냐에 갔다고 했지?"

"응, 나보다 먼저 집에서 나갔어."

"우리도 그쪽으로 가보세. 레제르브 관에 들러서 포도주나 마시면서 낌새를 한번 살펴보기로 하세. 당테스 얼굴을 보면 무슨 일이 일어날지 알 수 있을 거야."

"술은 물론 자네가 사겠지?"

그들은 바쁜 걸음으로 레제르브를 향했다. 그곳에 도착하자 그들은 독한 라 말그 포도주를 한 병 주문한 후 플라타너스 그늘에 앉았다.

카탈루냐 마을은 그곳에서 얼마 떨어지지 않은 곳에 있었다. 어느 날 한 무리의 이주민들이 스페인을 떠나서 이 반도에 정착했다. 그들은 프랑스어와는 다른 언어를 썼고 지금까지도 여전히 그들만의 언어를 사용하고 있었다. 그들은 마르세유 사람들과는 교류를 하지 않았으며 결혼도 자기들끼리만 했다.

이 작은 마을의 어느 집으로 우리의 눈길을 따라가보자. 그 집 벽에 아름다운 소녀가 기대고 서 있었다. 머리칼은 검은 옥처럼 반짝였으며 눈길은 더없이 부드러운 정말 아름다운 소녀였다. 그녀로부터 서너 발자국 앞 떨어져 있는 의자에 스물을 넘긴 듯 보이는 청년이 앉아서 몸을 좌우로 흔들흔들하고 있었다. 얼굴에는 초조한 빛과 분한 표정이 역력했다. 무언가 대답을 기다리고 있는 눈치였다.

"메르세데스, 곧 부활절이 된다. 그때 우리 결혼하자."

"오빠, 대답을 백 번도 더 하지 않았어요? 제발 이제 그만 물어보세요."

"아니, 돌아가신 네 어머니까지 승낙해주신 우리 결혼을 너는 왜 그렇게 안 된다는 거니? 나는 10년 동안 네 남편이 된다는 희망으로 살았는데, 내 삶의 단 한 가지 희망을 그렇게 무너뜨릴 수 있는 거니?"

"오빠, 내가 그 희망을 준 게 아니잖아요. 난 오빠를 오빠로서 사랑해요. 제발 누이 이상의 정은 바라지 마세요. 저는 다른 사람을 사랑하고 있단 말이에요. 더욱이 오빠는 곧 군대에 가야 해요. 그러면 재산이라고는 이 오막살이밖에 없는 저를 어쩔 셈이에요? 그리고 페르낭 오빠, 여자란 사랑하는 남자와 결혼하지 않으면 살림도 제대로 못할뿐더러 아내 노릇도 잘할 수 없어요. 오빠, 제발 동생으로서의 정 이상의 것은 제게 바라지 말아요."

메르세데스는 눈물을 글썽이며 페르낭에게 애원했다.

페르낭은 메르세데스가 자기를 받아들이지 않는 것이 에드몽 당테스 때문이라고 생각했다. 그는 질투심에 사로잡혀 오막살이집을 한 바퀴 돌더니 다시 메르세데스 앞에 섰다.

"메르세데스, 한 번 더 묻겠다. 정말 마음속으로 결정한 거란 말이지?"

"난 에드몽 당테스를 사랑해요. 다른 사람과 결혼한다는 건 생각해본 적도 없어요."

페르낭은 고개를 숙였다.

그때였다. 집 밖에서 메르세데스를 부르는 목소리가 들렸다. 기쁨에 찬 목소리였으니 바로 에드몽 당테스였다. 메르세데스는 "어머, 그 사람이야!"라고 소리치며 문 쪽으로 달려가 문을 열었다. 둘은 서로 껴안았다.

처음에 에드몽은 페르낭이 눈에 들어오지 않았다. 잠시 후 에드몽이 페르낭의 모습을 알아보자 메르세데스가 사촌 오빠라고 소개했다. 에드몽은 다정하게 페르낭에게 손을 내밀었다. 하지만 페르낭은 화난 표정에 위협적인 몸짓만 보이고 있을 뿐이었다. 그러더니 그는 후다닥 바깥으로 뛰쳐나갔다. 페르낭은 가슴이 찢어지는 것 같았다. 그가 한참 정신없이 달려가고 있는데 그를 부르는 소리가 들렸다.

"어이, 카탈루냐 친구! 이봐, 페르낭! 어딜 그렇게 뛰어가

나? 이리 와서 함께 한잔하세."

청년은 급히 멈추었다. 주위를 살펴보니 카드루스와 당글라르가 레제르브의 그늘 속 테이블에 앉아 있는 것이 보였다. 페르낭은 이마에 흐르는 땀을 씻으며 그늘진 정자 안으로 천천히 들어갔다. 그는 인사를 하고는 테이블 가의 의자에 몸을 털썩 던졌다.

그가 의자에 앉자 카드루스가 그를 슬슬 약올리기 시작했다.

"이봐, 자네, 애인을 다른 놈에게 빼앗긴 사람 꼴이로군! 자네가 사랑하는 처녀가 파라옹호 일등 항해사를 좋아한다지? 자네 카탈루냐 사람 맞나? 진짜 카탈루냐 사람은 경쟁에서 지고는 못 견딘다고 하던데. 무슨 수를 쓰건 이기려드는 게 카탈루냐 기질이라고 하던데."

카드루스는 말을 하면서 계속 술을 마시고 있었다. 그는 금방 술에 취했다. 취한 그가 다시 말했다.

"그래, 둘은 결혼할 거야. 당테스는 파라옹호의 선장이 될 거고. 둘 다 너무 분명한 일이야. 안 그런가, 당글라르?"

카드루스의 입에서 선장이라는 단어가 나오자 당글라르가 불쾌한 기색을 보였다.

그때였다. 에드몽과 메르세데스가 그들 눈에 띄었다. 산책을 나온 것이었다. 그들이 다정한 모습을 보자 술에 취한 카드루스가 몸을 반쯤 일으키더니 주먹으로 테이블을 잡고 소리를 질렀다.

　"어이, 에드몽! 출세할 거라고 친구도 안중에 없는가? 아, 안녕하십니까, 당테스 부인."

　"두 사람 곧 결혼할 모양이지? 당테스." 당글라르가 말했다.

　"가능한 한 빨리 하려고. 오늘 아버지께 승낙을 받았어. 내일이나 모레 여기 레제르브에서 약혼식을 할 거야. 물론 당글라르 당신도 초대할 거고 카드루스 씨도 초대할 거야."

　그러자 카드루스가 혀 꼬부라진 소리로 말했다.

　"페르낭은? 페르낭도 초대할 건가?"

　"당연하지요. 아내의 오빠인데. 내게도 친척이잖아요."

　그러자 당글라르가 말했다.

　"아 참, 자네 파리에 갈 예정이라며? 파리에는 처음 가보는 거지? 무슨 볼일이 있나?"

　"내 일이 아니야. 르클레르 선장님이 마지막으로 부탁하신 거라서. 별일은 아냐. 그냥 갔다가 오기만 하면 되는 일이야."

당글라르는 속으로 생각했다.

'으흠, 그러니까 대원수의 심부름을 한다 이거겠지. 그가 준 편지를 전해주러 간다 이거지.'

순간 그는 음흉하게 미소를 지었다. 번개처럼 멋진 생각이 떠올랐던 것이다. 그는 작별인사를 하고 멀어져가는 에드몽에게 큰 소리로 외쳤다.

"잘 다녀오게!"

에드몽은 고개를 돌리고 정겨운 목소리로 대답했다.

"고마워."

에드몽과 메르세데스 두 사람은 마치 천상에 오르듯이 행복한 걸음걸이로 길을 계속했다.

두 사람이 사라지자 당글라르가 페르낭에게 말했다.

"자네 메르세데스를 정말 좋아하지? 그러면서 그렇게 아무 대책 없이 세월 흐르기만 기다리고 있을 건가? 카탈루냐 사람들은 다 그런가?"

"그럼 나더러 어떡하란 말이에요?"

"그거야 자네가 생각해내야지."

"생각이야 했었지요. 저놈을 그냥 한칼에 없애버린다는 생각. 그런데 메르세데스가 저놈이 죽으면 자기도 죽겠다고 나서는 통에……."

"결국 당테스와 메르세데스가 결혼하지 않으면 되는 거 아닌가? 그 둘 사이에 감옥의 높은 담장이 쳐져 있다면? 당연히 둘이 헤어질 것 아닌가?"

그 소리를 듣고 있던 카드루스가 말했다.

"당테스가 어째서 감옥에 들어가게 된다는 거지? 도둑질도 안 했고 사람을 죽이지도 않았는데. 게다가 난 당테스가 좋아. 자, 그를 위해 건배!" 카드루스는 술 한 잔을 또 마셨다.

그러자 당글라르가 카드루스에게 좀 가만히 있으라고 말한 후 페르낭에게 말했다.

"방법이 없는 건 아니지만 내가 나설 필요는 없지. 자네가 괴로워하는 게 딱해서 그냥 해본 소리야. 자, 잘 있게."

당글라르는 자리에서 일어나는 척했다. 그의 예상대로 페르낭이 그를 붙잡았다.

"아이고, 제발 제게 방법을 가르쳐주세요. 그놈을 죽이는 일만 아니라면 뭐든 할 겁니다."

당글라르는 알았다고 말하더니 종업원에게 펜과 종이를 갖다 달라고 했다. 종업원이 펜과 종이를 갖다주자 페르낭이 초조하게 말했다.

"자, 어떻게 하면 되지요?"

당글라르는 흘낏 카드루스를 보았다. 그가 거의 인사불성으로 취한 것을 확인한 당글라르는 페르낭에게 말했다.

"당테스가 돌아오다가 나폴리와 엘바섬에 들렀단 말이야. 그러니까 누구든 그를 나폴레옹 보나파르트파라고 고발만 한다면……"

그의 말이 끝나기도 전에 페르낭이 말했다.

"내가 하겠어요! 내가 고발할 거예요!"

"하지만 누가 고발했는지 알게 되면 뒤가 시끄럽게 마련이야. 이렇게 나처럼 왼손으로 「고소장」을 쓰면 누가 썼는지 모르게 될 거야. 자, 이런 식이지." 말을 마친 당글라르는 모범을 보이려는 것처럼 왼손으로 종이에 글을 썼다. 평소의 필체와는 영 딴판인 엉망인 글씨체였다. 그는 그것을 페르낭에게 넘겨주자 페르낭이 낮은 목소리로 그 글을 읽었다.

검사 각하, 소생은 왕실과 기독교를 충실히 섬기는 이

나라 신민으로서 다음과 같은 사실을 고발할 수밖에 없습니다. 오늘 아침 스미르나에서 돌아온 파라옹호의 일등항해사 에드몽 당테스라는 자는 보나파르트파 악당들에게 보내는 편지를 부탁받았으며, 또 그들로부터 파리에 있는 보나파르트 당 본부로 보내는 편지도 받아 가졌습니다.

그를 체포하면 모든 죄가 밝혀질 것이며, 그 편지는 그의 몸이나 아버지의 집, 또는 파라옹호에 있는 그의 방에서 발견할 수 있을 것입니다.

"자, 이러면 되는 거야. 그리고 겉에 '검사님 귀하'라고 쓰기만 하면 만사 오케이지."

그때 갑자기 카드루스가 소리쳤다. 편지 읽는 소리를 듣고 정신이 번쩍 든 것이다.

"그래 그러면 다 되겠지. 만사 오케이겠지. 하지만 무슨 파렴치한 짓을 하려고!"

그가 팔을 뻗어 편지를 잡으려 하자 당글라르는 편지를 집더니 두 손으로 구겼다. 그러고는 한구석으로 던지면서 말했다.

"다 장난으로 그런 거야. 사람 좋은 당테스에게 무슨 일이 생긴다면 내가 제일 먼저 걱정해줄 판인데, 고발은 무슨 고발……."

그러더니 카드루스에게 이제 취했으니 그만 가보자고 그를 붙잡고 나가버렸다. 그들이 사라지자 페르낭은 구석으로 가서 구겨진 편지를 주머니에 넣었다.

이프성에 갇히다

　　이튿날은 약혼식 피로연이 열리는 날이었다. 날씨가 아주 좋았으며 태양이 밝고 맑은 빛을 뿌렸다.

　　약혼식 피로연은 레제르브 식당 2층 홀에 준비되었다. 햇빛이 잘 들어오는 대여섯 개의 창문이 나 있는 홀이었다.

　　모렐 선주까지 영광스럽게 참석을 해서 당테스가 곧 선장으로 임명될 것이라는 소문을 사실이라고 믿게 해주었다. 모두 자리를 잡자 에드몽과 메르세데스는 너무 행복했다. 그들은 너무 행복한 나머지 페르낭이 뭔가 심상치 않은 표정을 하고 있음을 알아차릴 수 없었다.

　　당글라르는 페르낭 곁으로 오면서 의미 있는 미소를 던졌다. 페르낭은 얼굴을 붉으락푸르락 하면서 안절부절못하고 있었다. 그는 때때로 마르세유 쪽을 바라보면서 몸을 떨기도 했다. 그 무언가를 기다리고 있는 것 같았다.

당테스는 군복과 평복이 섞인 것 같은 간소한 옷차림이었지만 아주 멋지게 잘 어울려서 신부의 아름다움을 한층 더 빛내주었다. 메르세데스는 그리스 여신처럼 아름다웠다.

메르세데스의 왼편으로는 페르낭이 앉았고 오른편으로는 에드몽의 아버지 루이 당테스가 앉았으며 에드몽의 오른편에는 모렐 선주가, 왼편으로는 당글라르가 앉았다. 모든 사람들은 에드몽의 손짓에 따라 마음대로 편하게 자리를 잡았다.

벌써부터 종업원들이 테이블 위로 아를지방의 갈색 소시지와 껍질이 눈부시게 빛나는 왕새우, 장밋빛 껍질에 싸인 프레르 조개, 밤처럼 가시가 돋은 성게, 무명조개들을 열심히 나르고 있었다. 당테스가 사람들에게 말했다.

"여러분, 이렇게 와주셔서 감사합니다. 저는 너무 행복해서 즐거운 줄도 모르겠습니다. 여러분들께 말씀드리지요. 여기이 아름다운 메르세데스는 이제 한 시간 반만 있으면 제 아내가 됩니다. 제가 아버님 다음으로 존경하는 모렐 선주께서 저를 도와주신 덕분에 혼인 신고도 끝났고 2시 반에 시청에서 시장님을 만나기로 약속을 잡아두었습니다. 지금 1시 15분이 좀 지났으니 한 시간 후에는 메르세데스가 당테스 부인이 되는 겁니다."

그 말을 듣고 페르낭은 두 눈을 감았다. 눈꺼풀 아래서 불꽃이 일어 뜨겁게 타오르는 것만 같았다. 당테스의 말을 들은 당글라르가 말했다.

"그러면 두 사람의 약혼 피로연이 결혼 피로연도 겸하게 되는 셈이로군."

"아니지." 당테스가 대꾸했다. "내가 파리에 갔다 오면 정식으로 결혼 피로연을 열겠네. 아마 3월 초이튿날이 될 거야."

사람들은 왁자지껄 떠들면서 먹고 마셨다. 페르낭만이 간간이 신음소리를 냈을 뿐이지만 사람들이 시끄럽게 떠드는 소리에 묻혀 아무에게도 들리지 않았다.

시계가 2시를 알렸다. 메르세데스가 당테스에게 떠날 때가 되었음을 알렸다. 그러자 당테스가 벌떡 일어나면서 "그렇군, 자 떠납시다"라고 말했다. 그러자 모든 사람들이 소리 모아 "떠납시다"라고 당테스의 말을 되풀이했다.

그 순간 당글라르는 페르낭이 마치 경련이라도 일으키는 듯이 몸을 일으켰다가 다시 주저앉는 것을 보았다. 당글라르는 한순간도 페르낭에게서 눈을 떼지 않고 있었던 것이다. 그와 동시에 낯선 소리가 층계에서 울려왔다. 무거운 군화 소리와 무기가 절그럭거리는 소리가 섞여 있었다. 홀 안은 일순 조용해졌다.

발소리가 점점 가까워지더니 이윽고 노크 소리가 세 번 울렸다. 모두들 놀란 가운데 옆 사람의 얼굴만 쳐다보고 있는 가운데 큰 목소리가 쩌렁쩌렁 울렸다.

"검찰에서 왔소."

이윽고 문이 열렸다. 경관 한 사람이 들어오고 이어서 하사관이 지휘하는 네 명의 무장 군인이 따라 들어왔다.

모렐 씨가 전부터 알고 지내던 경관 앞으로 나서며 무슨 일이냐고 물었다. 그러자 경관이 말했다.

"여러분들 중에 에드몽 당테스 씨 계십니까?"

에드몽은 몹시 놀랐지만 당당하게 앞으로 나서며 말했다.

"접니다. 무슨 일입니까?"

"에드몽 당테스, 당신을 체포하겠소. 검찰의 명령이오."

에드몽이 다소 얼굴이 창백해지며 물었다.

"저를 체포해요? 도대체 무슨 일 때문에 그러시는 거지요?"

"난 모르오. 심문을 받아보면 알게 되겠지."

그 광경을 보고 있던 카드루스가 미간을 찡그리며 당글라르에게 말했다.

"아니, 이게 도대체 어떻게 된 일인가?"

"낸들 아나?" 당글라르는 놀란 척하며 능청스럽게 말을 받았다.

카드루스는 눈으로 페르낭을 찾았다. 페르낭은 이미 자취를 감추고 없었다. 그러자 어젯밤에 일어났던 일들이 또렷하게 되살아났다. 그가 당글라르를 보고 말했다.

"그래, 어젯밤 장난처럼 했던 짓 때문에 이런 일이 벌어졌단 말인가? 천벌을 받을 거야, 당글라르!"

"무슨 소리! 자네도 알다시피 난 어제 그 쪽지를 찢어버렸잖은가?"

"흥, 내가 똑똑히 봤어. 찢어버리다니! 한구석에 던져놓고서."

"자네가 취해서 잘못 본 거야."

그사이 에드몽은 자진해서 수갑을 찼다. 그리고 아버지와 메르세데스, 그리고 주변 사람들에게 말했다.

"걱정 마세요. 뭔가 착오가 있었을 거예요. 금방 나오겠죠."

에드몽은 경찰에게 끌려서 층계를 내려왔다. 문 앞에는 마차가 대기하고 있었다. 그가 마차에 오르자 마차 문이 닫히고 마차는 마르세유 쪽으로 출발했다.

그러자 선주가 말했다.

"여기 잠시들 기다리고 계십시오. 내가 마르세유에 갔다 와야겠습니다. 소식을 알아보지요."

그가 마차를 타고 가자 남은 사람들은 당테스가 왜 체포되었는지 이러쿵저러쿵 입방아들을 찧었다. 얼마 후 모렐 씨의 마차가 도착했다. 메르세데스와 에드몽의 아버지가 서둘러 그에게 달려갔다. 모렐 씨의 얼굴빛이 몹시 창백했다.

"그래, 어떻게 되었나요?"

"일이 좀 심각해졌습니다. 글쎄 그가 보나파르트 당원이라고 고발을 당했다는 겁니다."

상황을 알게 된 카드루스가 당글라르에게 낮은 소리로 말했다.

"당글라르, 자네 거짓말을 했군. 그건 장난이 아니었어. 저 노인과 처녀가 괴로워하는 걸 두고 볼 수는 없어. 내가 전부 다 털어놓을 거야."

그러자 당글라르가 카드루스 손을 잡으며 냉랭하게 말했다.

"잠자코 있는 게 좋을걸. 안 그러면 자네도 어떻게 될지 몰라. 당테스가 정말 보나파르트 당원인지 아닌지 자네가 어떻게 알아? 배를 엘바섬에 대고 하루 종일 있었단 말이야. 잘못되면 한패로 몰릴걸."

카드루스는 그 말에 일리가 있다고 생각했다. 인간에게는 누구나 이기적 본능이 있기 마련이다. 그는 얼빠진 눈으로 당글라르를 바라보았다. 두렵기도 했고 마음이 무겁기도 했다. 잠시 갈등하던 그는 체념했다.

"그냥 두고 보는 수밖에 없겠군."

당글라르는 음흉한 미소를 지었다. 둘은 살며시 사라져버렸고 다시 나타난 페르낭이 메르세데스의 손을 잡고 카탈루냐 마을로 데려갔다. 당테스 노인은 거의 정신을 잃다시피 하고 있었다. 에드몽의 친구들이 노인을 부축해 멜랑의 집으로 모시고 갔다.

얼마 후 선주를 만난 당글라르는 선주로부터 당테스가 풀

려나기 전까지 배의 임시 선장 역을 맡으라는 명령을 받았다.

　같은 날 같은 시각 그랑쿠르 거리, 이곳의 한 고급스런 귀
족풍 집에서도 약혼 피로연이 열리고 있었다. 에드몽과의 약
혼식과는 달리 이곳 피로연에는 마르세유의 상류사회 사람들
이 참석하고 있었다. 그들은 나폴레옹을 증오하는 왕당파 사
람들이었다.

　그들 중 한 노인이 일어나 루이 18세의 건강을 축복하자는
제안을 했다. 가슴에 훈장을 달고 있는 그 노인은 생 메랑 후
작이었다. 모두 환호하며 잔을 높이 들었다. 그는 오늘의 주
인공인 빌포르 검사의 장인이 될 사람이었다. 빌포르의 아내
가 될 사람은 생 메랑 후작의 딸 르네였다. 빌포르의 아버지는
자코뱅 당원으로서 아예 이름도 누아르티에 백작으로 바꾸고
나폴레옹 치하에서 상원의원이 되었던 사람이다. 하지만 빌포
르는 아버지와 정치적 노선이 달랐다. 그는 왕당파였다. 그는
야망이 큰 사람이었다.

　피로연에서는 당연히 정치 이야기가 오갔다. 여러 가지 정
치 이야기가 오가는 중에 빌포르는 검사로서의 자신의 신념

을 확실하게 말했다.

"시대가 시대이니만큼 제가 지녀야 할 미덕은 엄격성입니다. 지금 나폴레옹은 여기서 코가 닿을 만큼 가까운 곳에 있습니다. 그래서 보나파르트파들에게 희망을 갖게 해주고 있습니다. 그 결과 매일 사건이 끊이질 않습니다."

그의 말을 들은 후작 부인이 말했다.

"빌포르 군의 임무가 막중해요. 마르세유를 나폴레옹 당원들 손으로부터 지켜줘야 해요. 나라가 제대로 되려면 정부가 튼튼해야 하고 나라를 맡은 사람들이 강직해야 하지요. 빌포르 군은 누구보다 강직한 사람이라 안심이에요."

그러자 빌포르가 웃으면서 말했다.

"검사란 항상 악이 있는 곳에만 얼굴을 내밀게 되어 있는 셈이지요. 선이 있는 곳에선 필요 없는 존재입니다. 어쨌든 재판은 언제나 가슴이 찢어지는 고통 그 자체입니다. 거기 끌려 나온 친구는 연극배우가 아닙니다. 그날 막이 내리면 집으로 돌아가 식구들과 저녁을 들고 다음 날 다시 무대에 설 수 있는 게 아닙니다. 그는 사형집행인이 기다리고 있는 감옥으로 돌아갑니다. 그건 일종의 결투이고 복수입니다. 나는 피고의 눈에서 분노가 이글거릴 때면 더 용기가 납니다. 그리고 피가 끓습니다. 나는 그에게 덤벼듭니다. 그러면 그도 내게 대들지요. 모든 싸움이 다 그렇듯이 지든가 이기든가 양단간에 하나로 결정이 납니다. 상대방이 위험하면 위험한 사람일수록 나는 웅변조로 그에게 말합니다. 상대방이 그런 내 얘기를 듣고 미소를 띠면 나는 내가 잘못했음을, 내 말에 힘이 없었음을 느낍니다. 하지만 피고가 내 웅변에 압도되고, 얼굴이 파랗게 질리는 것을 보면 나는 피고의 유죄를 확신하고 승리를 예감하게 됩니다. 그런 경우 피고의 머리는 곧 아래로 수그러집니다. 그 순간 그의 목은 달아나게 되는 겁니다."

후작이 그의 말을 듣고 말했다.

"훌륭해. 자네는 이 지역의 정치 병을 고치는 의사가 될 거야. 사실 국왕 폐하께서도 자네에게 관심이 많으셔. 그저께 튈르리 궁전에서 궁내 대신이 내게 묻더군. 자코뱅 당원의 아들과 내 딸이 어떻게 맺어질 수 있느냐는 거였지. 나는 이런 융합 정책이야말로 루이 18세의 정책이라고 말했다네. 그런데 폐하께서 우리 이야기를 들으신 게야. 폐하께서 이렇게 말씀하시더군. '빌포르는 유능한 친구야. 꼭 출세하게 될 거야. 게

다가 젊은이 치고는 생각도 깊어. 생 메랑 후작이 그 사람을 사위로 삼기로 했다며? 잘된 일이라고 생각하네. 내가 먼저 권하려던 혼인이었거든'이라고 말씀하신 게야."

'폐하가 나를 칭찬하시다니!' 빌포르는 차오르는 기쁨을 감출 수 없었다. 그때였다. 하인 한 명이 방으로 들어오더니 빌포르의 귀에 대고 무언가 속삭이고는 밖으로 나갔다. 빌포르는 실례한다고 말하고는 방에서 나갔다. 얼마 후 그가 미소를 띠고 다시 나타났다.

그의 약혼자 르네는 애정 어린 표정으로 그를 바라보았다. 푸른 눈에 단정한 얼굴, 게다가 멋진 구레나룻, 정말 미남이었다. 그녀는 그에게 무슨 일이냐고 물었다. 그러자 그가 답했다.

"보나파르트 당원들이 뭔가 소소한 음모를 꾸몄던 것 같습니다."

그는 그 말을 하면서 우리가 이미 그 내용을 알고 있는 「고소장」을 사람들에게 보여주었다.

"범인은 체포했답니다. 제가 가서 심문해야겠지요. 마침 검사가 없어서 지금은 제 집에 가두어놓았답니다."

후작이 어서 가보라고 하자 그의 약혼녀 르네가 말했다.

"빌포르 씨, 제발 관대하게 처리해주세요. 오늘은 우리 약혼식 날인데……."

"내 힘닿는 데까지 관대하게 하려고 노력하리다. 하지만 고소 내용에 의심의 여지가 없고 증거도 확실하다면 어쩔 수 없소. 관대하게 처리한다고 보나파르트 당원들을 봐줄 수는 없어요. 그들은 뿌리를 뽑아버려야 해요."

말을 마친 빌포르는 밖으로 나갔다.

밖으로 나온 빌포르의 표정은 조금 전과는 완전히 달랐다. 즐겁게 미소를 띠고 있던 얼굴에는 오로지 엄숙함 밖에 없었다. 사람의 생명을 좌지우지하는 직분에 걸맞은 얼굴이었다. 그는 재산도 많았으며 스물일곱이라는 젊은 나이에 이미 검사보라는 중요한 자리를 차지하고 있었다. 또한 그는 자기가 사랑하는 젊고 아름다운 여자와 결혼을 앞두고 있었다. 그는 그녀를 사랑하고 있었다. 하지만 정열적인 사랑은 아니었다. 검사보답게 냉정한 계산이 그 사랑 뒤에 자리 잡고 있었다. 그녀는 당시 귀족 사회에서 가장 집안 좋은 처녀 중 한 명이었다. 또한 지참금도 어마어마했다. 요컨대 그의 앞길에는 눈이 부시리만큼 화려한 미래가 보장되어 있었다.

그가 콩세유 거리 모퉁이에 이르렀을 때 한 남자가 그에게 다가왔다. 모렐 씨였다.

모렐 씨가 말했다.

"아, 빌포르 검사 대리님. 이번에 저희 배의 일등항해사가 체포되었는데요, 무슨 큰 착오가 있었던 것 같습니다. 아주 선량한 사람이고 분수를 아는 사람이랍니다. 진심으로 선처를 부탁드립니다."

"사생활에서 보이는 모습과 정치적인 범죄하고는 전혀 다를 수도 있지요. 저는 제 임무를 다할 뿐입니다."

그는 재판정 바로 앞에 있는 자기 집 앞까지 아무 말 없이 걸었고 모렐 씨가 뒤를 따랐다. 집에 이르자 그는 냉정하게 예의를 갖추어 모렐 씨에게 인사한 후 집 안으로 들어갔다. 선주는 그 자리에 굳은 모습으로 서 있을 수밖에 없었다. 집 안 현관에는 수많은 헌병과 경찰들이 있었고 그들 가운데 죄수가 꼼짝 않고 서 있었다.

빌포르는 현관을 지나며 흘낏 죄수를 바라보았다. 경찰이 그에게 서류뭉치를 건네자 그는 그것을 받아들고는 "안으로 데리고 들어오도록"이라고 말한 후 안으로 들어가버렸다.

흘낏 보았을 뿐이지만 심문받으려는 자의 인상을 파악하는 데는 충분했다. 그는 그자에게서 총명과, 용기, 솔직함을 동시에 느꼈다.

그는 '하지만 그런 좋은 인상은 공정한 재판에는 독이다'라고 스스로 다짐하며 테이블에 앉았다.

곧바로 경찰에 이끌려 당테스가 들어왔다. 안색은 여전히 창백했지만 침착한 모습이었으며 미소를 잃지 않고 있었다. 그가 빌포르에게 정중하게 인사하자 빌포르는 서류를 뒤적이며 물었다.

"이름은?"

"에드몽 당테스입니다."

"직업은?"

"모렐 상사 소속 파라옹호의 일등항해사입니다."

"나이는?"

"열아홉입니다."

"왜 끌려왔는지 알고 있나?"

"모릅니다. 약혼식 피로연을 하다가 영문도 모르고 끌려왔습니다.”

당테스의 목소리가 약간 떨리고 있었다.

빌포르는 “약혼식 피로연?”이라고 반문하며 고개를 들었다. 평소에 그렇게 냉정하고 침착하던 빌포르도 ‘이런 우연의 일치가 있나?’라고 생각하며 마음이 흔들렸다. 당테스의 얼굴을 보니 모렐 씨의 말대로 선량함이 그대로 드러나 있었다. 그의 마음속에 동정심이 일었다.

‘그래 이 친구를 관대하게 처분해준 후 생 메랑 씨의 살롱으로 돌아가 이 우연의 일치에 대해 멋진 연설을 하리라.’

그는 그 효과를 생각하며 미소를 지었다. 하지만 심문은 심문이었다. 그가 말했다.

“자네 나폴레옹에 대해 어떻게 생각하나? 정치적 의견을 말해봐.”

“제 정치적 의견이요? 부끄러운 이야기지만 그런 건 생각해본 적도 없습니다. 전 이제 겨우 열아홉입니다. 제게 의견이 있다면 세 가지밖에 없습니다. 아버지를 사랑하고 모렐 씨를 존경하고 메르세데스를 사랑하는 마음, 그저 이 세 가지뿐이지요.”

빌포르는 그의 말 한 마디 한 마디에서 그가 무죄임을 확신할 수 있었다. 자신의 경험상, 이 젊은이가 지금 자기에게 보여주고 있는 믿음과 호의는 죄를 지은 자는 절대로 보일 수 없는 것이었다. 빌포르는 속으로 생각했다.

'그래, 르네의 부탁을 들어줄 수 있겠군.'

그는 당테스에게 「고소장」을 보여주며 말했다.

"이러면 안 되는 건데 내가 호의를 베풀지. 자네 주변에 적이 있는 게 틀림없어. 아니면 시기하는 자가 있거나. 자, 이 「고소장」을 누가 썼는지 알아볼 수 있겠나?"

당테스는 빌포르가 넘겨준 「고소장」을 읽었다. 그의 얼굴이 일순 어두워졌다.

"모르겠는데요. 하지만 정말 터무니없는 내용입니다. 이런 고발을 한 사람이라면 제 적이 틀림없습니다."

그 말을 하면서 청년의 눈에 번쩍 번갯불 같은 것이 스쳤다. 빌포르는 그의 온순하고 선량한 성품 뒤에는 무언가 강력한 힘이 함께 있음을 순간적으로 알 수 있었다. 빌포르가 이어서 말했다.

"자, 이제 마지막으로 묻겠네. 이 익명의 「고소장」에서 어느 것이 사실인지 하나도 빼놓지 말고 말해주게."

그러자 당테스가 말했다.

"전부 사실입니다. 하지만 전부 거짓말이기도 합니다. 제가 진짜 사실을 말씀드리겠습니다."

그런 후 당테스는 선장이 앓아누운 일, 자기에게 편지와 소포를 부탁하고 죽은 일, 그의 부탁대로 엘바섬에 가서 심부름을 한 일부터 엘바섬의 대원수로부터 파리로 가서 전해주라는 편지를 받은 일까지 소상하게 다 이야기했다.

이야기를 듣고 난 빌포르가 말했다.

"잘 알겠어. 자네 이야기를 믿겠네. 자네가 죄를 지었다면 자기가 무슨 일을 하는지도 모르고 조심하지 않았다는 거로군. 하긴 그것도 선장 명령이었으니 자네 죄가 아니군. 자, 엘바섬에서 받았다는 편지나 내놓고 돌아가도록 하게."

"그 편지는 검사님께서 가지고 계신 서류들 가운데 있을 겁니다. 경찰이 이미 압수했으니까요."

"그런데 그 편지가 누구에게 가는 거였지?" 장갑과 모자를 집으려는 당테스에게 검사보가 물었다.

"파리 코크에롱가의 누아르티에 씨에게 가는 겁니다."

빌포르는 순간 벼락을 맞은 것 같았다. 자리에서 일어나려던 그는 그 자리에 그대로 털썩 주저앉았다. 그는 황급히 서류 뭉치를 뒤져서 편지를 찾아 읽었다. 그리고 점점 더 얼굴빛이 새파래졌다. 편지를 읽고 난 후 그가 당테스에게 말했다.

"자네, 이 편지 읽었나? 누구 보여준 사람은 없고?"

"그럴 리가요. 그냥 받아서 챙기기만 했을 뿐입니다."

"그럼 자네가 엘바섬에서 누아르티에 씨에게 보내는 편지를 가지고 있다는 사실을 아무도 모른단 말이지?"

"제게 그 편지를 준 사람 외에는 모릅니다."

빌포르는 생각했다.

'아마, 저 친구 말이 사실일 것이다. 하지만 만에 하나 저 친구가 이 편지 내용을 알고 있다면? 그리고 엘바섬에서 아버지에게 편지를 보냈다는 사실을 저 친구가 남들에게 이야기한다면? 그렇게 되면 나는 끝장이야. 완전히 끝장나는 거야.'

그는 순간적으로 머리를 굴린 후 당테스에게 말했다.

"이보게, 당분간은 자네를 구류해놓을 걸세. 물론 가능한 한 일찍 내보내줄 거야. 자네에 대한 혐의는 바로 이 편지 때문에 생긴 거라네. 자네 눈앞에서 이걸 태워버리지."

그는 편지를 벽난로 속에 던져 넣었다. 그리고 당테스에게 말했다.

"자네는 오늘 하루 이곳에 있게 될 거야. 그사이 누가 묻더라도 저 편지는 없었던 것으로 해야 하네. 어때, 약속할 수 있겠지?"

당테스가 맹세하겠다고 하자 빌포르가 벨을 눌렀다. 경관이 들어왔다. 빌포르가 경관의 귀에 몇 마디 속삭이자 경관은 고개를 끄덕였다. 당테스가 경관과 함께 밖으로 나가자 빌포르는 넋이 나가 의자에 털썩 주저앉았다. 그리고 중얼거렸다.

'오, 하느님! 검사가 지금 이곳에 없길 얼마나 다행인가? 그랬으면 내 앞길은 끝장이었을 거야. 아아, 아버지, 아버지는 언제까지 이렇게 제 운명에 걸림돌이 되실 건가요?'

그는 잠시 생각에 잠겼다. 그러더니 문득 회심의 미소를 지었다.

'그래, 이 위험한 편지가 오히려 내게 행운을 가져다줄지도 몰라.'

그는 잠시 후 밖으로 나와 약혼녀의 집으로 향했다.

당테스와 경관이 밖으로 나가자 두 명의 헌병이 각각 당테스의 오른쪽과 왼쪽에 와서 섰다. 그리고 당테스를 재판소 안쪽의 감옥으로 데려가서 감방에 넣고 자물쇠를 채웠다. 이미 오후 4시가 되어 있었다. 그때까지도 당테스는 아무런 두려움이 없었다. 검사가 그에게 호의적으로 말해주었으니 두려울 것이 없었다. 그는 곧바로 나갈 수 있으리라 믿어 의심치 않았다. 하지만 시간이 흐를수록 조금씩 초조해지기 시작했다.

밤 10시가 다 되도록 그를 석방해주지 않자 그는 정말로 초조해졌다. 그때 갑자기 발소리가 들렸다. 잠시 후 열쇠 돌리는 소리가 나더니 감방 문이 열렸다. 횃불을 든 두 명의 헌병이 들어왔다. 그들은 말없이 당테스를 밖으로 데리고 나갔다. 밖에는 마차가 대기하고 있었다. 당테스는 두 명의 헌병 사이에 낀 채 마차 한구석에 앉았다. 마차는 부두로 향했다.

부두에 이르자 그들은 해안에 매어놓은 보트로 당테스를 끌고 갔다. 배는 곧 항구에서 벗어나 앞으로 나아갔다. 네 사람의 사공이 배를 젓고 있었다. 보트는 곧 레제르브 앞을 지나갔다. 그날 아침 체포되기 전만 해도 그가 그토록 행복에 젖어 있던 곳이었다.

배는 계속 앞으로 나아갔다. 그때까지만 해도 당테스는 자유의 꿈을 포기하지 않았다. 등대가 반짝이는 라토노섬을 뒤로 하고 해안가를 돌아가던 배는 얼마 후 카탈루냐만이 정면으로 보이는 곳에 이르렀다. 당테스는 온 신경을 집중해 메르세데스가 있을 그곳을 뚫어지게 바라보았다. 하지만 어두워서 아무것도 보이지 않았다. 아아, 그녀는 내가 지금 그녀 집 앞을 끌려가고 있는 것을 알고나 있을까?

그사이에도 배는 계속 길을 가더니 바다로 나섰다. 당테스는 몸을 일으켜 배가 어디로 향하는지 바라보았다. 그러더니 그는 깜짝 놀랐다. 200미터쯤 앞에 시커멓고 험한 바위가 우뚝 서 있었고, 그 바위 위에 삐죽 솟아 있는 이프 성이 눈에 들어왔던 것이다. 중요한 정치범만 가둔다는 감옥, 한번 갇히면 영원히 나올 수 없다는 저 악명 높은 이프 성! 그런데 자신이 왜 저곳에 갇혀야 한단 말인가!

당테스가 헌병들에게 항의해보았자 소용없었다. 그들은 단지 명령을 집행할 뿐이었다. 이윽고 배가 섬에 닿자 헌병들이 그를 강제로 일으켜 뭍으로 데려갔다. 섬 언덕에는 군인들이 줄지어 서 있었다. 그들이 하나의 문을 통과하자 곧 뒤로 문이

잠기는 소리가 들렸다. 바다는 이제 눈에 들어오지 않았다. 정신을 가다듬고 보니 사면이 높은 벽으로 둘러싸인 감옥 뜰에 와 있었다. 헌병들은 당테스를 간수들에게 인계했고 당테스는 지하실에 있는 감방에 갇혔다. 당테스는 하도 기가 막혀 아무 소리도 내지 못하고 침통하게 서 있었다. 눈은 눈물에 젖어 퉁퉁 부어올라, 아무것도 보이지 않았다. 그는 그 자리에서 꼼짝도 않은 채 땅만 내려다보며 밤을 꼬박 새웠다.

다음 날 새벽 간수가 왔을 때도 당테스는 그 자세 그대로였다. 당테스는 간수가 온 것조차 모르는 것 같았다. 간수가 당테스의 어깨를 툭하고 쳤다. 그제야 당테스는 깜짝 놀란 것처럼 정신이 들었다. 그는 간수에게 소장을 보고 싶다고 했다. 하지만 간수는 흥, 하고 입술만 삐죽 내밀고는 아무 말 없이 그냥 나가버렸다.

그날 하루는 아무 일 없이 그냥 그렇게 지나갔다. 당테스는 빵을 조금 뜯어먹고 물을 서너 모금 마셨다. 그토록 온순하던 그는 이제 쇠창살에 갇힌 맹수처럼 되었다. 이튿날 같은 시각에 다시 간수가 왔다. 당테스는 그에게 다시 소장을 만나게 해 달라고 했다. 간수가 비웃음을 띠자 당테스가 의자를 집어 들

고 죽일 듯이 그에게 달려들었다. 간수는 "이 자식 돌았군!"이
라고 소리치더니 방에서 나갔다. 잠시 후에 하사관 한 명이 네
명의 병사와 함께 감방으로 들어왔다.

"소장의 명령이다. 너는 이보다 한 층 아래에 있는 지하 감
방으로 내려가 갇히게 될 거다."

에드몽 당테스는 영문도 모르는 채 이프 성으로 끌려온 지
이틀 만에 지하 토굴에 갇히고 말았다. 그에게는 간수를 죽이
려 한 위험하기 짝이 없는 자라는 낙인이 찍힌 것이다. 자신이
왜 이곳에 끌려왔는지 도무지 알 수 없었기에 벌어진 일이었
다. 자신이 이곳에 끌려온 이유를 아는 죄수라면 당테스처럼
길길이 날뛰지는 않았을 것이다.

백일 정치

우리의 불쌍한 에드몽 당테스는 잠시 이프 성에 놔두고 잠시 빌포르를 따라 튈르리 궁 안의 작은 서재로 눈길을 돌려보기로 하자. 아치형의 창이 달린 이 방은 나폴레옹과 루이 16세가 애용했고 지금은 루이 18세인 루이 필립이 서재로 즐겨 사용하고 있었다.

루이 18세는 그 서재 안에서 쉰 살을 넘긴 듯한 귀족과 이야기를 나누고 있었다. 왕이 말했다.

"뭐라고 말했지, 브라카스?"

"아무래도 뭔가 불길한 일이 벌어진 것 같다고 말씀드렸습니다, 폐하. 폐하께 무언가 정보를 드리기 위해 어떤 젊은이가 수백 리 길을 단 사흘 만에 열심히 달려왔습니다. 살비외 씨가 그 젊은이를 제게 소개해주었습니다."

"살비외? 지금 마르세유에 있는 내 형님의 시종 말인가? 그래 그 젊은이 이름이 뭔가?"

"빌포르입니다."

그 이름을 듣고 왕이 큰 소리로 말했다.

"빌포르! 내가 아는 이름이야. 아주 좋은 친구야. 야심도 대단하고. 그 아버지 이름은 자네도 알 거네. 누아르티에 의원 말이야."

"자코뱅 당의 누아르티에 말입니까? 누아르티에 상원의원 말입니까?"

"맞아."

"아니, 폐하께서는 그런 사람의 아들에게 공직을 주셨단 말씀이십니까?"

"브라카스, 모르는 소리 하지 말게. 빌포르는 야심가야. 그 어떤 희생을 무릅쓰고라도 성공을 하는 게 목표인 청년이지. 심지어 자기 아버지도 희생시킬 수 있는 친구라니까. 자, 그를 들라 하게."

브라카스가 밖으로 나가더니 빌포르를 데리고 들어왔다. 온통 먼지투성이였다.

왕이 말했다.

"빌포르, 무슨 중요한 말을 할 게 있다고?"

"예, 곧바로 말씀드리겠습니다. 제 관할 구역에서 왕위를 위협하는 반역의 조짐을 발견했습니다. 폐하, 보나파르트는 세 척의 함선을 준비해두었습니다. 지금쯤 아마 엘바섬을 탈출했는지도 모릅니다. 분명 나폴리나 토스카나 해안 아니면 프랑스로 상륙하려는 의도일 겁니다. 나폴레옹은 아직 여기저기 세력이 많습니다."

"음, 그래? 그런데 자네는 어떻게 그 일들을 알게 되었나?"

"제가 최근에 마르세유 대장의 안 남자를 체포했습니다. 그를 심문해서 알아낸 것입니다. 어떤 배의 선원인데 전부터 보나파르트 당원이 아닌가, 의심해왔습니다. 그가 비밀리에 엘바섬에 다녀왔습니다. 대원수를 만나 보나파르트 당원에게 전할 말을 구두로 부탁받았습니다. 누구에게 전하라는 것인지는 끝내 말하지 않았습니다. 그 사내는 지금 감옥에 갇혀 있습니다."

바로 그때였다. 경시총감 당드레가 새파랗게 질린 얼굴로 나타났다. 그가 떨리는 목소리로 말했다.

"폐하, 무서운 일입니다. 보나파르트가 2월 28일에 엘바섬을 떠나 3월 초하루에 프랑스에 상륙했습니다. 이미 파리를 향해 전진하고 있습니다."

"에이, 이렇게 되기까지 아무것도 모르고 태평하게들 있었다니! 어째 지방에 있었던 한 젊은 검사만도 못하단 말인가!"

과연 빌포르는 위기를 기회로 만들어 왕의 신임을 얻는 데 성공한 것이다. 우리의 관심은 빌포르에게 있다. 그 정도만 궁전 안을 엿보고 튈르리 궁전에서 오간 자세한 이야기들에 대해서는 우리의 귀를 닫기로 하자.

엘바섬에서 돌아온 나폴레옹이 파란이었다. 신세가 없는 일이었다. 이 기적 같은 귀환 소식은 곧 온 천지에 퍼졌다. 루이 18세는 아직 힘이 없었다. 오로지 자신의 힘으로 재건한 왕국의 기틀이 확고해지기도 전에 흔들리게 된 것이다. 루이 18세가 지키던 건물은 나폴레옹이 한번 들이닥치자 맥없이 무너지고 말았다.

그러자 그렇게 힘들여 왕의 신임을 얻은 빌포르는 거의 얻은 게 없는 셈이 되고 말았다. 왕이 그에게 건넨 감사의 말은 아무 소용없었으며 위험하기까지 했다. 브라카스 씨가 왕의 표창장을 보내주었지만 남의 눈에 띄지 않게 조심해야 하는 애물단지가 되었을 뿐이었다.

그의 아버지인 누아르티에 씨만 아니었으면 나폴레옹은 분명 빌포르를 파면시켰을 것이다. 누아르티에 씨는 그동안 온갖 위험을 무릅쓰고 나폴레옹에게 충성했다. 그 덕분에 그는 백일정치하에서 절대적인 권력을 행사했다.

하지만 누구도 나폴레옹의 권력이 오래가리라고 생각하지 않았다. 그의 두 번째 몰락은 누구나 쉽게 예상할 수 있었다.

어쨌든 나폴레옹이 다시 권좌를 차지하자 나라 안이 시끄러워졌고 내란의 불길이 여기저기서 일기 시작했다. 특히 남프랑스에서는 이런 불길이 쉽게 가라앉지 않았다. 집 안에 틀어박힌 왕당파들을 포위 습격하는 일이 벌어지는가 하면, 어쩌다 밖으로 나온 그들을 공공연히 모욕하는 등, 정치적 복수의 불길이 휩쓸었다.

하지만 우리의 선량한 선주 모렐 씨는 새로운 세상이 왔더라도 그리 큰 힘을 휘두를 형편이 못 되었다. 그는 신중하고 소심한 사람이었다. 그는 오로지 근면의 힘으로 재산을 일군 사람이었다. 보나파르트파들은 그들 온건파라고 불렀다. 하지만 아무리 온건파라도 나폴레옹 세상이 되자 그에게도 소송을 제기할 정도의 힘은 있었다. 그는 그 힘을 당테스를 위하여 썼다.

흥미 있는 것은 바로 빌포르의 운명이었다. 그의 상관은 실각했지만 그는 아버지의 힘으로 자기 자리를 지키고 있었다. 게다가 그는 영전한 셈이기도 했다. 상관이 없으니 그는 검사 대리에서 당당히 일등검사의 지위를 누리고 있었던 것이다. 물론 상황이 상황인 만큼 결혼은 뒤로 미루었다. 그런 그에게 어느 날 모렐 씨가 찾아왔다.

빌포르는 물론 모렐 씨를 알고 있었다. 그러나 그는 모른 척했다. 모렐 씨는 에드몽 당테스를 석방시켜달라고 찾아온 것이다. 빌포르는 에드몽 당테스의 이름도 기억하고 있었다. 하지만 그는 그 이름도 짐짓 모른 체했다.

빌포르는 시치미를 떼고 말했다.

"그 사람 이름이 뭐지요?"

"에드몽 당테스입니다."

빌포르는 아주 친절한 표정과 말투로 잠깐 기다리라고 하더니 장부를 가져와 뒤적이는 척했다. 자기와 그 사건이 무관하다는 것을 알리기 위한 쇼였다. 그러더니 모렐 씨에게 말했다.

"아, 이제야 생각나는군요. 카탈루냐 처녀와 결혼하려던 선원 말씀이군요. 그런데 굉장히 중요한 사건이로군요. 이곳에서 나가자마자 감옥으로 끌려갔군요."

"네, 그건 저도 알고 있습니다."

"저는 곧바로 보고를 하고 그 사람이 가지고 있던 서류를 모두 보냈지요. 그런데 체포된 지 1주일 만에 납치되었네요."

"납치를 당하다니요?"

"아, 국외 추방이라고들 하는 겁니다. 얼마 안 있으면 슬며시 돌아오게 될 겁니다."

"언제라도 돌아와주면 좋겠습니다. 그 사람 자리는 언제나 비어 있으니까요. 그런데 보나파르트 권력이 들어섰는데 그가 왜 아직 돌아오지 않은 걸까요?"

"어휴, 그게 그렇게 당장에 되나요? 다 절차가 있지요. 아마 사면장이 이제 겨우 발송됐을까 말까 할 겁니다."

"정말 불쌍한 사람입니다. 그가 빨리 돌아오게 하려면 어떻게 해야 하지요?"

"방법이라곤 단 한 가지뿐입니다. 법무 대신에게 「탄원서」를 내십시오. 제가 직접 전달하겠습니다. 그가 그때는 유죄였는지 몰라도 지금은 무죄이니까요. 원한다면 「탄원서」 내용도 제가 불러줄 수 있습니다." 빌포르는 아주 친절하게 모렐 씨에게 말했다.

"네, 쓰겠습니다. 어서 불러주십시오. 오, 불쌍한 당테스, 기다리다 지쳐 얼마나 절망하고 있을 것인가!"

모렐 씨의 말에 빌포르도 몸을 떨었다. 그가 그 암흑 속에서 자신을 얼마나 저주하고 있을 것인가? 그러나 이제 와서 물러설 수는 없었다. 당테스는 이미 빌포르의 야망의 톱니바퀴에 끼어 있는 신세였다. 그 톱니바퀴에 끼어 으스러질 운명이었다.

모렐 씨가 준비되었다고 하자 빌포르가 「탄원서」 내용을 불러주고 모렐 씨는 받아 적었다. 당테스의 애국심과 보나파르트를 위해 그가 얼마나 헌신했고 공을 세웠는지 과장해서 늘어놓은 것이었다. 「탄원서」를 빌포르에게 건네준 모렐 씨는 이제 기다리기만 하면 되겠다고 생각하고 기쁜 마음으로 검사 대리의 집을 나섰다. 그는 즉시 당테스의 아버지에게 가서 아들이 곧 돌아올 수 있을 것이라고 알려주었다.

한편 빌포르는 그 소중한 「탄원서」를 파리로 보내는 대신 자기 호주머니에 넣어두었다. 그는 당시의 정세를 날카롭게 꿰뚫고 있었다. 곧 왕정은 복귀될 것이다. 지금 「탄원서」를 내면 당테스는 석방될지 모르지만 훗날 자신은 무서운 위험에 빠지게 되리라.

결국 당테스는 계속 감옥에 갇혀 있을 수밖에 없었다. 그는 그렇게 감옥에 갇혀서, 루이 18세가 왕위에서 내려오는 소식도 못 들었고, 워털루 전쟁 후 나폴레옹 제국이 다시 무너지는 더 무서운 소리도 듣지 못했다.

나폴레옹이 권세에 오른 지 꼭 100일 만에 루이 18세가 다시 왕위를 되찾았다. 빌포르는 툴루즈 검사의 자리를 차지했고, 새 부임지로 온 지 2주일 만에 르네 생 메랑 양과 결혼했다. 그의 야심 때문에 당테스는 백일 정치하에서도, 워털루 전쟁 이후에도 감옥에 갇혀 있었고 사람들로부터 영원히 잊히고 말았던 것이다.

한편 당글라르는 나폴레옹이 다시 파리로 돌아와 권력을 잡자 겁이 덜컥 났다. 모든 것을 알고 있는 당테스가 자기에게 복수하려고 위협적으로 다가오는 모습이 한시도 그의 머리에서 떠나지 않았다. 그는 모렐 씨에게 사표를 냈다. 그리고 모렐 씨의 소개로 어느 스페인 상인을 만나 그 상사에 근무하게 되었다. 나폴레옹이 다시 튈르리 궁전으로 들어간 지 열흘 정도 되었을 때였다. 그가 마드리드로 떠난 후 그의 소식은 더는 들리지 않았다.

페르낭은 세상이 어떻게 돌아가건 아무 상관없었다. 당테스가 없어진 것만으로 모든 것이 충분했다. 그사이 나폴레옹 제국이 전국에 군대를 소집했다. 페르낭도 군대에 소집되어 영국과의 전투에 동원되었다. 그는 자기가 군대에 가 있는 동안 당테스가 돌아와서 메르세데스와 결혼하면 어쩌나 걱정이 되었다.

페르낭이 출발하는 날 메르세데스가 그에게 말했다.

"오빠, 제발 무사하셔야 해요. 오빠는 이 세상 단 하나뿐인 제 친구예요. 오빠마저 없으면 나는 정말로 외톨이가 되는 거예요."

그녀는 페르낭의 헌신적인 태도에 감동을 받고 있었던 것이다. 그는 그녀에게 언제나 친절했다. 그리고 그녀의 불행을 함께 슬퍼했다. 그리고 늘 그녀를 보살폈다. 그녀는 언제나 페르낭을 오빠로서 사랑해왔다. 일종의 우정이었다. 그런데 거기에 감사의 마음이 더해진 것이다.

　메르세데스의 말은 페르낭에게 희망을 심어주었다. 그는 생각했다.

　'그래, 당테스만 돌아오지 않는다면 언젠가 메르세데스는 내 품에 안길 거야.'

　카드루스도 소집을 받았다. 그는 나이가 많았기에 삼차 소집 때 동원되어 해안 지방으로 파견되었다.

　당테스 노인은 나폴레옹의 몰락으로 아들을 다시 볼 수 있으리라는 희망도 사라지자 맥없이 무너졌다. 아들과 헤어진 지 5개월째 되던 날 그는 메르세데스의 품에 안긴 채 숨을 거두었다. 평상시에도 당테스 노인을 열심히 보살펴 온 모렐 씨는 당테스 노인의 장례를 치를 수 있는 돈도 내놓았다. 그뿐 아니라 병을 치료하느라 노인이 진 빚들도 다 청산해주었다. 대단한 용기였다. 보나파르트 당원의 혐의를 쓰고 감옥에 들어간 사람의 아버지를 돌본다는 것은 그 자체 이미 범죄를 저지르는 것과 마찬가지였다. 모렐 씨는 그런 사람이었다.

미친 죄수

　세월은 흘렀다. 루이 18세가 복위한 지도 어언 2년이 흘렀다. 당테스가 이프 성에 갇힌 지 30개월 가까이 된 것이다. 당테스는 여전히 자신이 이곳에서 나갈 수 있으리라는 희망을 잃지 않고 있었다. 그는 이곳은 자기가 있을 곳이 아니라고 여전히 확신했다. 그렇기에 그는 간혹 모습을 보이는 간수에게 사납게 으르렁거렸다. 처음에 간수를 죽이겠다며 대들었던 사건도 있고 해서 그는 그곳에서 가장 사납고 위험한 죄수로 낙인찍혀 여전히 지하 토굴에 갇혀 있을 수밖에 없었다.

　그사이 형무소 소장도 바뀌고 새 소장이 왔다. 그는 죄수한 사람 한 사람 이름을 외는 게 귀찮아서 죄수 이름을 모두 방 번호로 대체해 불렀다. 이 무시무시한 호텔에는 방이 쉰두 개나 있었다. 그 속에 살고 있는 사람들은 모두 자신이 살고 있는 방 번호로 불리게 되었다. 우리의 불행한 청년도 에드몽 당테스라는 이름 대신 34호로 불리게 되었다.

감옥에 갇힌 당테스는 처음에는 당당하고 용감했다. 자신이 무죄라고 굳게 믿었기 때문이다. 그런데 얼마 지나자 자신이 정말 무죄인지 의심이 들기 시작했다. 기가 막힌 일이었다. 그러자 자존심이 푹 꺾여버렸다. 그는 당당하게 여기서 내보내달라고 간수에게 말하는 대신, 제발 다른 감방으로 보내달라고 간절히 요청하기 시작했다. 더 깜깜하고 깊은 곳이라도 좋으니 다른 곳으로 보내달라고 청원했다. 변화가 있으면 며칠만이라도 기분전환을 할 수 있을 것 같았다. 하지만 그의 요구는 묵살되었다.

그의 간절한 바람이 좌절되자 그는 비로소 신에게 기도하기 시작했다. 그는 어렸을 때 어머니에게 배운 기도를 기억해냈다. 그리고 그 안에서 이전에 모르던 의미를 발견했다. 열성을 넘어 거의 광적으로 기도를 했다. 그러고는 황홀경에 빠졌다. 기도 한 마디 한 마디에서 신의 모습을 보는 것 같았다. 그러나 달라지는 것은 아무것도 없었다. 자신은 여전히 죄수일 뿐이었다. 그는 기도를 통해서도 위안과 안정을 찾을 수 없었다.

기도를 통해 위안을 찾으려다 실패하자 그의 마음은 더욱 어두워졌고 눈앞이 캄캄해왔다. 미래에 대해 아무런 희망도 가질 수 없게 되자 고통이 밀려왔고 고통이 심해지자 이번에는 분노가 찾아왔다. 그는 처음보다 더 난폭해졌다. 간수에게 심한 폭언을 내뱉기 일쑤여서 질겁한 간수가 뒤로 물러나는 일이 잦아졌다.

그는 자신의 몸도 학대하기 시작했다. 벽에 몸을 마구 부딪쳐 자신에게 화풀이를 했다. 화가 밀려오자 자기가 본 「고소장」의 내용이 너무 또렷하게 머리에 떠오르기 시작했다. 그러자 자기가 이런 불행에 빠진 것은 신의 징벌 때문이 아니라 인간들의 사악함 때문이라는 것이 더욱 명료해졌다. 그는 그런 인간들에게 상상해낼 수 있는 온갖 형벌을 가하고 싶었다.

그때 그에게 죽음이라는 단어가 떠올랐다. 그는 죽음에서 무언가 위안을 발견했다. 이 지옥 같은 감방 안에 죽음이라는 천사가 찾아와 온갖 고통과 고뇌를 끝내줄 것만 같았다. 이전에 선원으로서 일할 때 그는 죽음을 두려워했다. 그는 자신의 모든 용기와 힘을 죽음의 위협에서 벗어나기 위해 사용했다. 그의 삶이 행복했기 때문이다. 그 행복한 삶에서 죽음이란 내가 불러들인 것도 아니고 내가 선택한 것도 아니었다. 그러나 지금은 모든 것이 달라졌다. 내 생명을 소중하게 여기게 만들 만한 것들은 모두 사라지고 없었다. 유모가 아이를 잠재우려고 내미는 젖꼭지처럼 죽음이 달콤하게 그를 유혹했다.

죽음을 받아들이고 스스로 목숨을 끊겠다는 생각에 사로잡히자 그의 태도는 180도 달라졌다. 그는 갑자기 온순해졌다. 그는 어두운 감방 안, 딱딱한 침대, 시커먼 빵에 대해서도 불평하지 않았다. 먹는 것도 줄였고 잠도 덜 잤다. 생명이라는 것이 마치 아무 때나 버릴 수 있는 헌 옷처럼 여겨졌다. 그는 천천히 굶어 죽기로 결심했다. 목을 매는 방법도 있었지만 그것은 너무 수치스러운 형벌로 여겨졌다.

당테스의 마음에 그런 변화가 일어나기까지 4년 가까운 세월이 흘렀다. 그러니 이프 성에 갇힌 지 어언 6년이 된 것이었다. 자살 결심이 서자 그는 곧바로 실행에 옮겼다. 그는 아침 저녁으로 하루에 두 번 가져오는 식사를 모두 조그만 철창 밖으로 던졌다. 처음에는 유쾌한 기분으로 음식물을 던졌다. 하지만 굶은 몸에 밀려오는 시장기 때문에 그토록 역겹게 여겨지던 음식이 더없이 먹음직스럽게 보였다. 그는 음식을 향한 본능적 욕망을 엄격한 자제력으로 억눌렀다. 그는 그렇게 자기에게 남아 있는 생명력을 조금씩 소진해버렸다. 급기야 그는 저녁 식사를 밖으로 던질 힘조차 없이 되고 말았다.

그렇게 온갖 기력이 다 소진해버린 날, 드디어 눈이 보이지 않게 되었다. 겨우 들리기만 할 뿐이었다. 간수는 그가 심한 병에 걸렸다고 생각했다. 에드몽도 자신이 얼마 안 있어 죽게 되려니 생각하고 있었다. 에드몽은 몽롱한 마비 상태에 빠졌다. 몸의 고통도 사라졌고 갈증도 사라졌다. 눈을 감으면 무수한 빛이 눈앞에서 반짝였다. 그를 죽음이라는 미지의 세계로 인도하는 불빛이었다.

그런데 그날 밤의 일이었다. 밤 9시쯤 되었을 때 몸을 기대고 있는 벽 안쪽에서 뭔가 둔탁한 소리가 들렸다. 분명 벌레들이 내는 소리는 아니었다. 에드몽은 소리를 좀 더 잘 들으려고 머리를 들었다.

분명히 조심스럽게 뭔가를 긁어내는 소리였다. 그 소리와 함께 당테스의 머리를 번개처럼 스치고 지나가는 단어가 있었다. 바로 자유라는 단어였다. 그 소리는 생을 마감하고 모든 소리가 그의 귀에서 사라지려던 순간, 그를 무덤 앞에서 멈추게 한 신의 계시와 같은 소리였다. '누군가 나를 구해주려는 것일까? 아아, 그럴 리 없어. 죽음의 문턱에서 꿈을 꾼 것일 거야.'

그래도 그는 그 소리에 귀를 기울이고 있었다. 그 소리는 약 세 시간 동안이나 계속되었다. 그러더니 무언가 아래로 무너져내리는 소리가 들렸다. 그리고 그 소리를 마지막으로 아무 소리도 더 이상 들려오지 않았다.

몇 시간이 지나자 이번에는 더 가까이서 전보다 더 강한 소리가 들려왔다. 당테스는 그 소리에 더 귀를 기울였다. 그때 갑자기 간수가 나타났다. 당테스는 그가 그 소리를 들었을 지도 모른다고 생각하고 조마조마했다. 생의 마지막 순간에 나타난 희망의 빛을 그가 꺼버릴지도 몰랐다.

간수는 아침 식사를 가져온 것이었다. 당테스는 아침이 온 것도 모르고 그 소리에 온 신경을 집중하고 있던 것이었다. 에드몽은 침대에서 벌떡 일어나 앉아, 식사가 형편없다느니, 너무 추워서 견딜 수 없다느니, 목소리를 높여 심술을 부렸다. 어디서 그런 힘이 나왔는지 자신도 알 수 없었다. 간수는 '저 놈이 또 헛소리를 하는구나'라고 생각하고는 더러운 탁자 위에 음식을 놓고 나가버렸다.

혼자 남게 된 에드몽은 다시 그 소리에 귀를 기울였다. 이제는 애쓰지 않아도 들릴 만큼 소리가 또렷했다. 이제는 모든 게 확실했다. 나처럼 불쌍한 죄수가 탈옥하려 애쓰고 있는 것이다! 오! 만일 내가 그의 곁에 있다면 기꺼이 도와주련만!

그는 간수가 탁자 위에 놓고 간 수프로 눈길을 돌렸다. 그는 비틀거리며 탁자로 다가갔다. 그리고 무어라 말할 수 없이 기쁜 마음으로 수프를 다 마셔버렸다. 그것만으로도 그는 힘이 났다. 당테스에게 이미 죽으려는 생각은 사라져버렸다. 그는 생각했다.

'시험을 해봐야지. 내가 벽에 대고 두드려보아서, 소리를 멈춘다면 그건 분명 죄수가 낸 소리다. 만일 소장이 일꾼들을 시켜 옆방을 수리하는 소리라면 잠시 멈추었다가 일을 계속할 것이다.'

당테스는 다시 침대에서 일어났다. 그는 감방 한쪽 구석으로 가서 습기에 젖어 축축한 작은 돌조각을 집어 들었다. 그리고 다시 침대로 돌아와 똑, 똑, 똑 하고 벽을 세 번 두드렸다. 그러자 소리가 딱 멈췄다. 마치 마술에라도 걸린 것 같았다. 당테스는 온 신경을 다 집중해서 다시 소리가 들리는지 귀를 기울였다. 하지만 아무리 기다려도 소리는 다시 들리지 않았다.

당테스의 가슴은 희망으로 벅차올랐다. 그는 빵을 몇 입 먹고 물도 마셨다. 워낙 튼튼한 체력을 타고 난 덕분에 그의 몸은 쉽게 회복되었다.

그날 하루가 다 가도록 소리는 더 이상 들려오지 않았다. 분명히 죄수가 낸 소리였다. 당테스는 말할 수 없이 기뻤다. 흥분되어 머리가 돌아가기 시작했고 온몸의 기운도 되살아났다. 그는 그날 밤 잠을 이루지 못했다.

다음 날 간수가 식사를 가지고 들어왔다. 에드몽은 정성스럽게 수프와 빵을 다 먹었다. 그리고 하루 종일 원기를 되찾기 위해 감방 안을 왔다 갔다 하며 운동을 했다. 10리, 아니 20리는 족히 걸었을 것이다. 그리고 여전히 예민하게 귀를 기울였다.

하지만 사흘 동안 소리는 더 이상 들려오지 않았다. 그런데 사흘 째 되는 밤이었다. 벽에 귀를 대니 들릴 듯 말 듯한 소리가 울리는 것 같았다. 저쪽 죄수가 이전 방법은 위험하다고 보고 방법을 바꾼 것이 분명했다.

에드몽은 누군지 모르는 저 죄수에게 힘을 보태주겠다고 결심했다. 그는 침대를 옮기기 시작했다. 아무래도 침대 뒤에서 무슨 일인가 벌어지고 있는 것 같았기 때문이다. 그는 벽을 부술 만한 물건이라도 없는지 주위를 둘러보았다. 하지만 아무것도 없었다. 칼은 물론이고 날이 있는 것은 아무것도 없었다. 창문에 박혀 있는 쇠창살이 눈에 들어왔지만 그것을 뽑는 것은 불가능했다.

아무리 둘러보아도 가구라고는 침대와 의자, 탁자, 물통과 물 항아리뿐이었다. 침대에는 쇠막대기가 여러 개 붙어 있었지만 나사못으로 나무에 꽉 박혀 있었다. 드라이버 없이 그것을 뽑는 것은 불가능했다. 그때 그의 머리에 물 항아리가 떠올랐다.

'그래 그걸 깨뜨려서 그 파편으로 벽을 파는 거야.'

그는 항아리를 돌바닥 위에 떨어뜨려 산산조각 냈다. 당테스는 날카로운 사기 조각을 서너 개 골라 짚방석 아래 숨겨놓았다. 그리고 나머지는 땅바닥에 흩어놓았다. 항아리가 깨지는 일은 흔히 있을 수 있으니 그 때문에 의심받을 염려는 없었다.

당테스는 밤새도록 작업을 했다. 하지만 사기 조각은 이내 끝이 무뎌지고 말았다. 하지만 그는 희망이 있었고 그 희망이 그에게 인내심을 주었다.

날이 밝자 간수가 다시 나타났다. 당테스는 항아리 째 물을 마시다가 떨어뜨려 항아리가 깨졌다고 간수에게 말했다. 간수는 툴툴거리면서 새 항아리를 가지고 왔다. 간수가 나가고 발소리가 멀어지자 당테스는 다시 작업을 시작했다. 반 시간쯤 지나자 벽토를 한 줌 정도 긁어낼 수 있었다. 정확히 계산해본다면 10년 정도 걸려 사방 60센티미터에 깊이 6미터 정도 되는 굴을 팔 수 있을 것이다.

사흘 동안 집중해서 노력한 결과 돌 주변에 붙어 있던 시멘트를 떼어낼 수 있었다. 그러자 그 안에 동그란 작은 돌이 하나 모습을 드러냈다. 감방 벽은 자연석을 쌓아 만든 벽이었으며 그 중간중간에 작은 돌들이 박혀 있었다. 그의 눈앞에 모습을 드러낸 것은 그 작은 돌들 중 하나였다. 이제 그것을 흔들어 뺄 차례였다. 하지만 방법이 없었다. 손톱으로는 어림도 없는 일이었고 깨진 사기 조각을 지렛대로 사용하여 시험해보았으나 그만 부서져버렸다.

막막했다. 그때 머릿속에 생각이 하나 떠올랐다. 그는 미소를 지었다.

간수는 매일 양철 냄비에 수프를 갖다주었다. 그 냄비에는 쇠로 만든 긴 손잡이가 달려 있었다. 그 손잡이를 손에 넣을 수 있다면 저 돌을 움직이게 할 수 있으리라. 그는 머리를 썼다.

간수가 수프를 가지고 오기 전에 그는 수프를 받을 접시를 문과 테이블 사이 바닥에 놓았다. 간수가 들어오다가 접시를 밟아 깨뜨려 버렸다. 간수는 투덜대며 수프를 따를 만한 그릇이 없는지 살펴보았다. 하지만 그런 그릇이 있을 리 없었다.

기회를 놓치지 않고 당테스가 말했다.

"그냥 냄비를 두고 가시구려. 내일 아침에 가져가면 될 거 아니오?"

게으른 간수는 그 제안이 마음에 들었다. 다시 올라갔다 내려올 수고를 덜 수 있었기에 그는 냄비를 그냥 두고 갔다. 당테스는 냄비 속 수프를 급히 먹어치웠다. 그는 다시 침대를 옮겼다. 그리고 냄비를 가져다가 그 손잡이를 돌들 사이에 끼워 지렛대로 사용했다.

한 시간의 노력 끝에 돌이 벽에서 떨어져 나왔다. 그랬더니 거기에 지름 50센티미터 정도의 구멍이 생겼다. 당테스는 조심스럽게 흙을 모아 방 한구석으로 가져갔다. 그리고 깨진 항아리 조각으로 바닥을 긁어 그것으로 벽에서 떨어진 흙을 덮었다. 그리고 귀중한 연장을 손에 넣은 이 밤을 이용하리라 마음먹고 열심히 굴을 팠다.

새벽이 되자 그는 돌을 다시 구멍 속에다 끼워 넣고 침대도 다시 벽에 갖다 붙인 다음 자리에 누웠다.

아침 식사는 단지 빵 한 조각뿐이었다. 간수의 손에는 수프 접시가 들려 있지 않았다.

당테스가 간수에게 말했다.

"아니, 접시를 안 가져왔소? 수프를 어떻게 받아먹으라고."

"일부러 안 가져왔어. 너는 물 항아리도 깨고 접시도 깨뜨리는 놈이니 그냥 냄비를 접시 대신 써."

당테스는 진심으로 하늘에 감사했다. 지금까지 살아오면서 아무리 좋은 일이 있었더라도 이렇게 감사하는 마음이 들었던 적은 없는 것 같았다.

간수가 나가자 그는 하루 종일 작업을 했다. 열심히 작업한 결과 하루에 열 줌도 넘는 작은 돌과 흙과 시멘트를 긁어낼 수 있었다. 간수가 와서 저녁을 주고 간 시간을 빼놓고 그는 쉬지 않고 일했다. 밤에도 그는 잠을 자지 않고 작업을 계속했다.

밤에 작업을 열심히 하고 있던 중이었다. 손잡이가 뭔가 장애물에 부딪혔다. 쇠 손잡이가 더 이상 앞으로 나가지 못하고 무언가 평평한 표면만 긁고 있는 것이었다. 당테스는 그 장애물을 손으로 만져보았다. 그러자 손에 대들보가 닿았다. 큰 대들보가 그가 파고 있는 굴을 가로지르고 있었던 것이다.

이러한 장애물이 있으리라고는 생각하지 못했던 당테스는 제법 큰 소리로 탄식의 기도를 했다.

"오, 주여! 제 소망을 들어주시길 기대하며 기도를 올렸나이다. 주여, 제발 저를 어여삐 여기사, 절망에 빠져 죽지 않게 해주옵소서!"

그때였다. 그의 귀에 사람 목소리가 들려왔다.

"주님과 절망을 동시에 말하다니! 도대체 당신은 누구요?"

아래쪽에서 나는 소리였다. 지하에서 나는 그 소리는 너무 희미한 것이 마치 무덤 속에서 나는 소리 같았다. 당테스는 놀라서 머리카락이 곤두서는 것 같았다. 몇 년 만에 처음 들어보는 사람의 목소리였다. 물론 간수의 목소리는 들었었다. 그러나 간수는 사람이 아니었다. 간수는 살아 있는 창살일 뿐이었다. '아아, 여기서 사람의 목소리를 듣게 되다니!'

당테스는 외쳤다.

"지금 말하신 분, 더 얘기를 해보세요. 댁은 누구십니까?"

"그런 말을 하는 댁은 누구요?" 그 목소리가 물었다.

"여기 갇혀 있는 가련한 죄수입니다." 당테스가 대답했다.

"어느 나라 사람인데?"

"프랑스 사람 에드몽 당테스입니다."

"뭐하던 사람이오?"

"선원입니다."

"언제부터 여기 들어와 있었소?"

"1815년 2월 28일부터입니다."

"죄명은?"

"전 죄가 없습니다."

미친 죄수

"그런데 왜 여기 들어와 있지?"

"황제 폐하의 귀국을 돕는 음모에 가담했다는 겁니다."

"뭐? 황제 폐하의 귀국? 그렇다면 황제 폐하께서는 지금 재위 중이 아니라는 말인가?"

"폐하께서는 1814년 퇴위하시고 엘바섬에 유배되셨습니다. 그런 일을 전혀 모르고 계시다니, 댁은 언제부터 이곳에 계셨습니까?"

"1811년부터요."

그는 당테스보다 4년 전부터 이 감옥에 있었던 것이다.

그가 급히 말했다.

"당신 지금 굴을 파고 있지? 그 굴이 어느 정도 높이에 있는 거요?"

"지면과 같은 높이입니다."

"당신 방은 어느 쪽으로 향해 있소?"

"복도 쪽을 향해 있습니다. 그 복도는 안뜰로 이어지고요."

"이런! 내가 착각했군. 컴퍼스가 잘못된 거야. 설계상으로는 선 하나가 틀렸을 뿐인데 실제로는 5미터 이상 틀려버렸어. 난 당신이 파고 있는 그 벽이 성벽인 줄 알고 있었는데……."

바다로 나가서 헤엄치려 하던 건데. 이제 다 틀렸소. 당신이 파던 굴이나 도로 메워놓으시오. 이제부터 아무 일도 하지 말고 내가 나중에 다시 올 때까지 기다리시오."

"그런데 댁은 누구시지요?" 당테스가 조심스럽게 물었다.

"난⋯⋯. 난⋯⋯. 27호요."

그러자 당테스가 황급히 말했다.

"저를 경계하시는 건가요? 무슨 일이 있어도 이 일은 비밀로 하겠어요. 제발 가지 마세요. 그 목소리를 계속 들을 수 있게 해주세요. 그렇지 않으면 저는 이 벽에 머리를 부딪쳐 죽어버릴 거예요."

그러자 27호가 말했다.

"아직 스물대여섯도 안 된 젊은이 목소리로군. 그 나이라면 아직 사람을 배반할 줄은 모르겠군. 자, 내가 다시 올 테니 기다리시오. 신호를 보내겠소."

그런 후 그가 멀어지는 소리가 어렴풋이 들리는 것 같았다.

당테스는 더없이 행복했다. 더 이상 외톨이가 아니라는 것만으로도 그는 한없는 기쁨을 느꼈다. 비록 자유의 몸이 되지 못한다 하더라도 이곳에서 친구 한 명을 갖게 된 것이며 그것만으로도 반은 자유로워진 것과 마찬가지가 아닌가? 그리고 혹시 자유의 몸이 될 수도 있지 않을까?

당테스는 너무나 기쁜 나머지 두근거리는 가슴으로 하루 종일 감방 안을 서성였다. 하지만 그날 밤 그 사람은 오지 않았다. 이튿날 아침 간수가 아침을 갖다주고 떠난 뒤 그는 벽에서 침대를 떼어놓았다. 순간 세 번 벽을 두드리는 소리가 들리더니 벽 저쪽에서 목소리가 들렸다.

"간수가 왔다 갔소?"

"네, 저녁때가 돼야 올 겁니다. 그때까지 열두 시간은 자유입니다. 지체 마시고 당장 와주세요."

당테스는 굴속으로 반쯤 몸을 디밀고 양쪽 손으로 바닥을 짚고 있었다. 순간 손을 짚고 있던 곳 부근의 땅바닥이 무너져 내리는 것 같았다. 당테스는 움찔 뒤로 물러났다. 그러자 흙더미와 돌들이 그가 파놓은 입구 아래로 굴러 떨어지더니 깊이를 알 수 없는 굴이 나타났다. 그리고 그 어두운 굴속에서 먼저 사람의 머리와 어깨가, 이어서 사람의 몸 전체가 가볍게 위로 올라서는 것이 아닌가!

당테스는 창을 통해 스며드는 희미한 빛을 통해 그를 알아볼 수 있었다. 머리가 하얗게 센 체구가 자그마한 남자였다. 나이 때문에 머리가 센 게 아니라 고생 때문인 것 같았다. 그렇지만 그의 눈빛만은 사람을 꿰뚫어보는 듯 날카로웠다. 그의 얼굴은 온통 땀으로 젖어 있었다.

적어도 예순다섯은 넘긴 것 같았지만 감옥살이를 하느라 실제보다 더 늙어 보이는지도 몰랐다. 그 사내는 감격에 젖어 무릎을 꿇고 있는 청년을 기쁜 얼굴로 바라보았다.

그 사내가 말했다.

"자, 우선 내가 지나온 통로를 감추어야겠네."

그러더니 그는 당테스가 빼낸 돌을 들어 굴속에 던져 넣었다. 당테스가 빼낸 돌이었다.

그가 말했다.

"연장이 없었던 모양이로군. 이렇게 돌을 아무렇게나 빼놓은 걸 보니."

당테스가 놀라서 물었다.

"그럼 당신은 연장 같은 게 있으십니까?"

"필요한 건 다 있어. 끌, 집게, 지레, 칼 다 있어."

그는 연장들을 당테스에게 보여주었다. 침대 못으로 만든

연장들이었다. 그는 그 연장들로 15미터 정도의 굴을 판 것이
었다.

그가 말했다.

"내 방과 이 방의 거리가 15미터는 될 거야. 측량 도구가 없
어서 계산이 맞지 않았어. 자네 방의 아래쪽, 복도 밑을 빠져
나가 바다로 향한 벽을 뚫어야 하는데 그 옆으로 오게 된 거
야. 이 방으로 오려고 굴을 판 게 아니야. 다 틀린 거지. 이것
도 다 주님의 뜻이야."

'그토록 오랫동안 갈망해오던 것을 이렇게 쉽게 포기하고
체념하다니!'

당테스는 놀란 눈으로 노인을 바라보며 말했다.

"자, 이제 어르신이 누구신지 말씀해주시겠습니까?"

"나는 파리아 신부일세. 나는 1811년부터 이곳 이프 성에
갇혀 있지만 그전에 3년을 피에몬테의 페네스토넬레 요새에
갇혀 있었네."

"왜 잡혀오신 거지요?"

"정치적인 거야. 자네는 잘 모를 걸세. 암튼 나도 나폴레옹
처럼 이탈리아를 강력한 대제국으로 만들어보고 싶었다네. 그

런데 배신을 당한 거야. 그냥 그렇게만 알아둬."

그 말을 듣고 당테스가 아주 조심스럽게 말했다.

"그럼, 노인께선 바로, 다들 병들었다고 말하는 바로 그 신부님이 아니십니까?"

"좀 더 정확히 말하지. 그래, 다들 나를 미쳤다고 하는 걸 나도 아니까."

에드몽 당테스는 간수들에게 들어서 노인 이야기를 이미 알고 있었다. 이곳에는 이탈리아 어떤 정당 당수를 지내던 신부가 한 명 갇혀 있는데 자기가 막대한 보물을 가지고 있다고 큰소리친다는 것이었다. 자기를 풀어주면 정부에 막대한 재산을 바치겠다고 큰소리를 치곤하는데, 매년 액수가 올라가 이제는 600만 프랑을 주겠다고 한다는 것이었다.

노인의 말에 당테스가 쑥스러운 표정을 짓자 노인이 말을 이었다.

"그래, 그 미친놈이 바로 나일세. 그렇게 미쳤으니 이런 굴도 판 거지. 자네, 내가 저 연장들을 만드는 데 얼마나 걸린 줄 아나? 4년이나 걸렸어. 이 화강암처럼 단단한 땅을 파내는 데 3년이 걸렸고. 파낸 흙과 돌을 감추려고 층계 천장도 뚫었지.

그런데 이렇게 헛수고가 되어버렸다네." 말을 마친 파리아 신부는 에드몽의 침대에 가서 앉았다.

당테스는 노인의 말에 고개를 떨구었다. 그리고 자신을 반성했다. 신부는 자기보다 나이도 많고 힘도 약한데도, 감히 자신은 생각조차 해보지 못한 일을 해냈다. 그렇다면 자신에게 불가능한 일은 없었다. 파리아가 15미터의 굴을 팠다면 그는 30미터를 팔 수 있다. 쉰이 넘은 그가 그 일을 하는 데 3년이 걸렸다면 그 나이의 절반도 안 된 당테스는 그 배 이상 걸리는 일도 해낼 수 있을 것이다. 게다가 신부이며 학자이고 성직자인 파리아가 이프 성으로부터 가까운 섬까지 헤엄쳐 가겠다고, 아무 두려움 없이 계획을 세웠었다. 그렇다면 뱃사람이었던 그는?

그는 곰곰 생각에 잠겼다가 파리아 신부에게 말했다.

"어르신께서 어느 길을 찾으려 하셨는지 저도 알 것 같습니다……."

"자네가?"

"어르신께서 뚫으신 굴은 아마도 바깥 복도와 나란히 뻗어 있지요?"

"맞아."

"그런데 계산을 잘못해서 이리로 오신 거지요? 그렇다면 굴 한가운데쯤 가로로 굴을 하나 더 파는 겁니다. 이번에는 계산을 좀 더 정확하게 하시면 됩니다. 그러면 그 굴이 바깥 복도로 향하게 될 겁니다. 거기서 보초를 없애고 탈출하면 됩니다. 신부님은 이미 용기를 보여주셨고, 저도 용기를 보여드리겠습니다."

"아니야, 벽을 뚫을 용기는 있지만 사람의 가슴을 뚫을 용기는 내게 없어. 인간은 본능적으로 피를 싫어하게 되어 있어. 자네도 머리로는 그런 계획을 세울지 모르지만 마음속으로는 꺼리고 있을 거야. 다른 기회를 이용해보자고."

"신부님, 이 힘든 일이 신부님께 희망을 주고 위안을 주는 유일한 일거리였지요? 그러니 그렇게 오래 힘쓰실 수 있었을 거예요."

"난 오로지 그 일에만 힘을 쏟은 건 아니라네."

"아니, 다른 일도 하셨어요?"

"글도 썼다네."

"그럼 종이나 펜, 잉크 같은 걸 얻으실 수 있었나요?"

"아니, 그런 걸 어디서 얻나? 전부 내가 만들어 썼지."

"네? 종이와 펜, 게다가 잉크까지 만드셨단 말씀입니까?"

당테스는 믿을 수 없었다. 당테스가 의심한다는 것을 눈치 챈 파리아가 말했다.

"언제 내 방에 오면 다 보여주지. 내가 쓴 글들도 보여주겠네. 내 필생의 사색과 연구, 반성의 결과물들이지. 그동안 살아오면서 내가 생각했던 것들을 차분하게 글로 쓸 기회를 이곳 이프 성이 준 거야. 그 책의 제목은 『이탈리아의 통일 왕국 건설 가능성』으로 지었다네."

"아니, 책을 쓰실 만한 종이는 어떻게 마련하셨습니까?"

"종이가 아니라 셔츠 두 장에 썼다네. 셔츠의 천을 양피지처럼 매끄럽게 만드는 법을 내가 고안해냈어."

"하지만 펜은?"

"펜? 가끔 식사로 나오는 대구 머리 연골로 만들었지. 비축해둔 펜이 상당히 많아. 잉크는 뭐로 만들었는지 궁금하겠지? 내가 말해주겠네. 내 감방 안에는 전에 쓰던 벽난로가 있다네. 그 속에 그을음이 잔뜩 끼어 있었지. 그 그을음을 긁어내서 포도주에 섞어서 녹였지. 일요일이면 포도주가 나오니까. 그렇게 해서 아주 훌륭한 잉크를 만들 수 있었어. 강조할 곳이 있으며 손가락을 찔러서 피로 썼고."

"그걸 다 언제 보여주실 겁니까?"

"언제고 보여줄 수 있어."

"오, 그럼 당장 보여주십시오."

"좋아. 그럼 날 따라오게."

그는 땅굴 속으로 들어갔고 당테스도 몸을 구부리고 그 뒤를 따랐다.

탈출

좁기는 했지만 쉽게 지나갈 만한 굴이었다. 신부의 감방 바닥은 포석으로 되어 있었다. 신부는 그 중 어두운 구석의 돌 하나를 들어 올려 일을 시작했던 것이다.

방 안에 들어서자 당테스는 주의 깊게 방을 살펴보았다. 이상한 것은 아무것도 없었다.

"좋아." 신부가 말했다.

"아직 시간이 충분하지."

신부는 이제는 사용하지 않는 벽난로 가까이 가더니 아궁이를 메운 돌을 끌로 들어냈다. 그러자 온갖 물건들이 나타났다. 그가 종이로 사용했다는, 둘둘 말아놓은 헝겊 두루마기,

짧은 막대기로 만든 펜, 잉크들이 그곳에 있었다. 게다가 식사로 갖다준 고기에서 기름을 떼어내 만든 양초도 있었다.

신부는 그것들은 모두 하나하나 보여준 후 다시 뚜껑을 닫았다. 그리고 침대로 가더니 침대를 옆으로 밀어냈다. 침대 머리 쪽에 구멍을 가리고 있는 커다란 돌이 있었다. 그가 그 돌을 치우자 그 속에서 10미터가량 되는 줄사다리가 나타났다. 그는 그 줄사다리를 올을 푼 침대 이불과 속옷으로 만들었다. 게다가 바늘도 있었다. 만약의 경우에 대비해서 만들어놓은 줄사다리였다.

당테스는 너무 놀랐다. 파리아 신부의 인내와 용기, 실행력에도 놀랐지만 무엇보다 그의 지혜에 놀랐다. 이처럼 지혜롭고 생각이 깊은 사람이라면 자기가 왜 이런 불행에 빠지게 되었는지 다 밝혀줄 수 있으리라고 믿었다.

당테스가 신부에게 말했다.

"신부님, 신부님께서는 당신 말씀은 해주셨지만 제 신상에 대해서는 아시는 게 하나도 없으시지요?"

"자네는 아직 젊은데 무슨 대단한 이야깃거리가 있겠는가?"

"저는 굉장히 불행한 일을 겪었습니다. 제 머리로는 제가 왜 이런 불행을 당하게 되었는지 도무지 알 수가 없습니다. 저는 맹세코 무죄입니다. 저는 제게 이런 불행을 안긴 사람들에게 그대로 그 불행을 되돌려주고 싶습니다."

신부는 구멍의 뚜껑을 닫고 침대를 도로 밀어놓으면서 말했다.

"자, 어디 자네 이야기를 들어보세."

당테스는 자기 신상으로부터 시작해서 르클레르 선장의 죽음, 그다음에 이곳에 끌려오기까지의 이야기를 소상하게 신부에게 해주었다.

당테스의 이야기가 끝나자 신부가 깊은 생각에 잠겼다. 이윽고 그가 입을 열었다.

"범인을 찾으려면 우선 그 범죄로 이익을 볼 자가 누구인지 찾아야 하네. 자네가 사라지면 이득을 볼 자가 누군지 생각해보게. 그런 사람 없나?"

"그런 사람이 있을 리 있나요? 저는 정말 별 볼 일 없는 사람인데요."

"그렇지 않아. 신분이 제아무리 높건 낮건 모두가 세상 사람과 관계를 맺고 있기 마련이야. 다 이해관계로 얽혀 있지.

자네 곧 파라옹호 선장이 될 예정이라고 했지?"

"네."

"그리고 예쁜 처녀와 곧 결혼할 참이라고 했지?"

"그렇습니다."

"자네가 선장이 되는 걸 원통하게 생각하는 사람이 없었나? 자네가 메르세데스와 결혼하는 걸 질투하는 사람은 없었는가? 자, 순서대로 생각해보기로 하지. 우선 자네가 선장이 안 되길 바란 사람은 없었나?"

"없었던 걸로 압니다. 모든 선원들이 저를 좋아했으니까요. 하지만 딱 한 사람, 저를 질투한 사람이 있었습니다. 한번은 다투고 결투를 하려고 한 적도 있었지요."

"그 사람 이름이 뭐고, 하는 일은 뭐였지?"

"당글라르라고 배의 회계사였습니다."

"만약 자네가 선장이 되면 그가 회계사 일을 계속할 수 있었을까?"

"아마 제 뜻대로라면 그만두게 했을 겁니다. 제가 그와 결투를 하려 한 것도 그가 부정을 저지르는 걸 제가 알았기 때문입니다."

"좋아. 자네가 르클레르 선장과 이야기 나눌 때 누구 함께 있던 사람은 없었나? 혹시 그 이야기를 들은 사람이 없었나?"

그러자 당테스가 눈을 빛냈다.

"아, 네. 선장께서 제게 소포를 건네주실 때 당글라르가 지나가는 걸 보았습니다. 문이 열려 있었으니까요."

"그럼 하나 더 묻겠네. 대원수를 만나서 편지를 하나 받았다고 했지?"

"네."

"그걸 어디다 두었나? 주머니에 넣고 다닌 건 아니겠지?"

"배에 있는 제 서류함에 두었습니다."

"그럼 엘바섬에서 돌아올 때는 손에 들고 있었겠네. 서류함에 넣기 전까지는 말이야. 선원들이 다 보았겠지. 그건 좋아. 자네 기억을 더듬어보게. 「고소장」에 뭐라고 씌어 있었는지 내게 말해줘봐."

당테스는 그 「고소장」을 세 번이나 읽고 그 내용을 다 기억해두었었다. 그는 「고소장」의 내용을 신부에게 그대로 암기해 들려주었다.

"짐작대로야. 자네는 너무 순진해. 그렇게 빤한 것도 짐작을 못 하다니. 그 「고소장」을 직접 보았다고 했지? 당글라르의 필적이 아니던가?"

"아닙니다. 아주 서툴게 쓴 글씨던데요."

그러자 신부가 펜을 들어 잉크를 찍더니 종이 대용 헝겊에 「고소장」 앞부분 내용을 왼손으로 썼다.

"어때, 이런 글씨체가 아니던가?"

당테스는 흠칫 놀라며 소리쳤다.

"맞아요. 「고소장」 글씨체랑 너무 비슷해요."

"그렇다네. 오른손으로 글을 쓰면 사람마다 다 다르지만 왼손으로 글을 쓰면 다 비슷하기 마련이라네. 자, 하나는 되었고 이제 다음으로 넘어가세. 누군가 자네가 메르세데스와 결혼하지 않기를 간절히 바란 사람이 있었나?"

"네, 그녀를 사랑했던 청년이 하나 있었지요. 페르낭이라고 그녀의 사촌 오빠입니다."

"그 사내가 「고소장」을 쓴 것 같지는 않나?"

"그럴 리가요. 저를 칼로 찌를 수는 있어도 그런 짓은 안 할 겁니다. 게다가 그는 「고소장」에 적힌 내용은 전혀 모르고 있는데요."

"그래, 그렇다면 당글라르야. 가만, 둘이 아는 사이였나?"

"글쎄요, 잘 모르겠는데요. 아, 알고 있었습니다. 그러고 보니 이제 생각나네요. 제가 결혼하기 전전 날, 둘이 팡피유 영감 술집에 함께 앉아 있는 걸 봤습니다. 당글라르는 빈정거리는 표정이었고 페르낭은 뭔가 질린 모습이었던 것 같습니다. 그리고 그 옆에 한 명 더 있었습니다. 양복점을 하던 카드루스인데 아마 그가 두 사람을 소개해주었을 겁니다. 그 사람은 잔뜩 취해 있었지요. 가만, 그래! 테이블 한구석에 잉크병과 종이와 펜이 있었습니다."

당테스는 손으로 이마를 쳤다.

"아! 그래, 그놈들이야! 이런 더러운 놈들!"

"자, 이제 알겠지? 어디 더 알고 싶은 게 있나?"

"네, 제가 왜 재판도 받지 않고 갑자기 이곳에 갇히게 된 건지 알고 싶습니다. 검사 대리인 빌포르 씨가 저를 석방한다고 약속했었거든요."

"빌포르? 내가 아는 이름이군. 부패한 친구는 아닌데. 다만 야심만만한 친구지. 그 친구가 자네를 어떻게 대했나?"

"저를 정말 동정해주었습니다. 저를 위험에 빠뜨린 그 편지를 불태워버렸거든요."

"그래? 확실한가?"

"네, 제 눈앞에서 불에 던져 넣었습니다."

"그래? 자네를 위해서? 자네, 정말 순진하고 착한 친구로
군. 내 하나 묻지. 그 편지는 누구한테 가는 편지였나?"

"제가 지금도 똑똑히 기억하고 있습니다. 파리, 코크에롱가
13번지의 누아티에르 씨에게 전할 편지였습니다. 검사는 그
이름을 절대로 입 밖에 내지 말라고 신신당부하더군요."

그 이름을 듣자 신부가 웃음을 터뜨렸다.

"누구? 자코뱅 당원이었던 그 사람? 아이고 이런 일이! 뭐
라고 그 검사가 자네에게 친절했다고? 이보게. 누아르티에가
누군지 알겠나? 바로 그 검사의 아버지라네."

당테스는 소스라치게 놀랐다. 이제 모든 것이 뚜렷해졌다.
충격을 받은 당테스는 혼자서 생각을 정리해야겠다며 자기
방으로 돌아와 침대에 그대로 쓰러졌다. 저녁이 되어 간수가
왔을 때도 그는 꼼짝 않고 그 자세로 있었다.

잠시 후 파리아 신부의 목소리가 들렸다. 간수가 다녀가자
당테스에게 저녁 식사 초대를 하려고 찾아온 것이었다. 신부

는 이곳에서 재미있는 정신병자로 인정받고 있었다. 끊임없이 보물 이야기를 했기 때문이다. 하지만 그 덕분에 그는 이런 저런 특별대접을 받을 수 있었다. 예컨대 가끔 시커먼 빵 대신 흰 빵을 받아먹을 수 있었으며 일요일엔 작은 병에 들어 있는 포도주도 맛볼 수 있었다. 그날이 바로 일요일이었다. 신부가 그날 당테스를 자기 방으로 초대한 것은 흰 빵과 포도주를 함께 나누기 위해서였다. 당테스는 그의 뒤를 따랐다.

식사를 하면서 노인은 당테스에게 많은 이야기를 해주었다. 모두 당테스에게 깨달음을 주고, 새로운 안목을 갖게 해주는 이야기들이었다. 당테스는 이토록 많은 경험과 깊은 지혜를 지닌 사람에게서 배울 수 있다면 얼마나 좋을까 생각했다.

당테스가 용기를 내어 노인에게 말했다.

"저같이 무식한 놈과 이야기를 나누시는 건 정말 지겨우실 겁니다. 그러니 신부님, 신부님께서 저를 가르쳐주시지 않으시겠습니까? 제가 좀 유식해져야 대화도 재미가 있으시겠지요."

그러자 신부가 웃었다.

"자네가 보기엔 내가 대단해 보이는 모양이지? 하지만 내가 알고 있는 건 그리 대단한 게 아니야. 2년 정도면 자네가

다 배울 수 있는 거지."

"네? 2년이면 된다고요? 제가요?"

"응용하는 법이야 자네가 스스로 익히는 거고, 난 원칙을 가르쳐줄 수 있다는 말이지. 자, 그럼 공부를 시작하기로 하세."

그날 이후로 둘은 스승과 제자 관계가 되었다. 당테스 자신도 모르고 있었지만 그는 비상한 기억력을 지니고 있었으며 이해력도 대단했다. 그는 수학을 쉽게 익혔으며 6개월 정도가 되자 스페인어, 영어, 독일어를 자유롭게 구사할 수 있게 되었다. 그가 선원 생활을 하면서 이미 이탈리아어와 그리스어를 익히고 있었기에 다른 언어의 구조를 쉽게 이힐 수 있었던 것이다. 그렇게 열심히 공부하는 가운데 세월이 빠르게 지나갔다. 1년 이상 지난 후에 당테스는 이전과는 완전히 다른 사람이 되었다.

그사이에도 파리아 신부는 꾸준히 탈출에 대한 생각을 멈추지 않았다. 어느 날 파리아 신부가 당테스에게 물었다. 그가 공부를 시작한 지 15개월 지났을 때였다.

"자네, 힘이 장사지?

"네, 힘이 센 편입니다."

탈출

103

"좋아. 하지만 어떤 경우에라도 보초를 죽이지 않겠다고 약
속할 수 있나?"

"네."

"그렇다면 1년 정도 준비해서 새로운 계획을 실행해보기로
하세."

신부는 당테스에게 도면 하나를 보여주었다. 신부의 감방
과 당테스의 감방을 연결하는 복도의 도면이었다. 복도 중앙
에는 좁은 굴이 하나 그려져 있었다. 그곳 바로 위는 보초가
왔다 갔다 하는 곳이었다. 그 동안 신부가 공들여 작성한 도면
이었다. 당테스가 궁금해 하자 신부가 계획을 설명해주었다.

우선 도면에 있는 대로 커다란 굴을 판다. 그리고 보초가 왔
다갔다 하는 복도의 포석을 하나 떼어낸 후 살짝 얹어놓는다.
그 위를 지나던 보초가 굴속에 떨어지면 병사를 묶고 입을 틀
어막은 후 둘이서 복도의 창문으로 빠져나온다. 그런 다음에
줄사다리를 이용해 바깥 성벽을 타고 내려와서 탈출한다.

당테스의 눈이 반짝 빛났다. 성공할 수 있다는 확신이 생겼
다. 그들은 곧장 작업에 착수했다. 둘 다 성공을 확신하고 있
었기에 일은 더 빨리 진행되었다. 굴을 파내서 생긴 흙은 조

금씩 창밖으로 날려 보냈다. 그렇게 작업은 1년 동안 계속되었다. 일을 하는 한편 파리아는 당테스 교육을 멈추지 않았다. 당테스는 역사도 배웠고 상류 사회의 예절과 품위도 배웠다.

열다섯 달이 지나자 드디어 굴이 완성되었다. 굴 위로 보초가 왔다 갔다 하는 발소리도 들을 수 있었다. 이제 모든 준비가 다 되었다. 걱정거리라야 예정된 날이 오기 전에 병사의 무게로 땅이 꺼지면 어쩌나 하는 것뿐이었다. 그런 불의의 사고가 일어나지 않도록 그들은 떼어내 포석 아래에 작은 기둥을 하나 받쳐놓았다.

결론부터 말하자. 그들의 그 탈출계획은 실행에 옮기지 못했다. 파리아 신부의 병 때문이었다. 어느 날 신부의 얼굴이 갑자기 창백해졌다. 그러더니 곧이어 눈언저리가 푸르스름해지는 게 아닌가! 입술에서 핏기가 완전히 사라졌고 마치 죽은 사람의 얼굴 같았다. 당테스가 신부를 침대에 눕히자 그가 말했다.

"결국 병이 났군. 내 이럴 줄 알았지. 이보게, 이 병은 내가 잘 안다네. 전에도 발작이 있었지만 곧 회복이 되었는데, 이제는 가망이 없어. 이제는 다리도 팔도 움직일 수가 없어. 이거

보게 왼팔만 겨우 움직일 정도야. 이건 뇌일혈 증세네. 설사 여기서 나가더라도 난 걸을 수도 없고 헤엄칠 수도 없어. 이건 우리 집 유전병이야. 그래서 내가 잘 알아."

그러자 당테스가 말했다.

"신부님, 전 상관없습니다. 제가 신부님을 업고 헤엄치면 됩니다."

"그런 꿈같은 생각은 아예 집어치우게. 사람을 업고는 10미터도 나아갈 수가 없다네. 자네는 똑똑한 친구니까 누구보다 잘 알 수 있을 걸세. 나는 이제 죽는 순간을 기다리며 이곳에 남아 있겠네. 그러니 자네 혼자 여길 빠져나가도록 하게. 준비가 다 되었으니 즉각 실행하도록 해."

"알겠습니다. 잘 알겠습니다. 저도 남겠습니다. 하느님께 맹세합니다. 신부님이 돌아가시기 전까지는 절대로 이곳을 떠나지 않겠습니다."

파리아는 이 품위 있고 성실한 젊은이, 뛰어난 자질을 가지고 있으면서 신의가 있는 이 젊은이를 물끄러미 바라보았다. 당테스의 얼굴에는 헌신의 빛이 넘치고 있었으며 애정이 흘러넘치고 있었다. 그가 당테스에게 말했다.

"알겠네. 그렇다면 우선 가서 굴을 막고 오게. 그게 발각되면 우리 둘이 만날 수 있는 기회가 사라지니까. 내일 아침 간수가 다녀가면 곧바로 내게 오도록 하게. 내가 자네에게 해줄 중요한 이야기가 있다네."

당테스는 신부의 손을 잡았다. 신부는 미소로 그를 안심시켜주었다. 당테스의 눈길에는 존경과 복종의 마음이 드러나 있었으며 신부의 눈길에는 사랑스런 애정의 빛이 흐르고 있었다.

이튿날 아침 간수가 다녀간 후 당테스는 신부의 방으로 갔다. 신부는 감방 좁은 창문 사이로 들어오는 햇빛 아래에 침착한 표정으로 앉아 있었다. 자유롭게 움직일 수 있는 그의 왼손에는 종이 한 장이 들려져 있었다. 그는 아무 소리도 않고 그 종이를 당테스에게 보여주었다.

"이게 뭡니까?"

"자네를 이제까지 시험해보고 이제야 이야기하네만, 이 종이는 내 보물이야. 그리고 이제부터 이건 자네 것일세. 내가 살아나가면 자네와 나, 반씩 나누겠지만 나는 그럴 가망이 없으니 모두 자네 것이야."

당테스는 신부 입에서 보물 이야기가 나오자, 이 양반의 미친병이 도진 것이라고 생각했다. 그의 생각을 읽은 신부가 종이를 그에게 내밀며 말했다.

"자네, 내 말을 의심하고 있군. 자, 여기 증거가 있네. 내가 아직 아무에게도 보여준 적이 없다네. 한번 읽어보게."

당테스는 종이를 받아 펼쳐드니 반쯤 타고 반만 남은 쪽지였다. 그는 대충 훑어보았다.

당테스는 무슨 소린지 도무지 알 수가 없었다. 그러자 파리아가 설명하기 시작했다.

"자, 조금 긴 이야기지만 자네 의심을 풀어주기 위해 이야기해주겠네. 참고 들어주게. 지금은 대가 끊긴 스파다라고 하는 귀족 가문이 있었지. 나는 그 가문의 마지막 비서였다네. 그 사람 집안은 부자로 유명했다네. 오죽하면 '스파다 같은 부자'라는 말이 다 생겼겠나. 그분은 나를 끔찍이 아껴주었다네.

그는 가끔 자기 방에서 가문 대대로 이어져오던 서류들을 뒤적이곤 했지. 어느 날 그가 로마의 역사를 기록해놓은 책을 한 권 내게 보여주더군. 그 책 속에는 교황 알렉산데르 6세의 「전기」가 씌어 있었지. 대충 줄거리만 말해주지. 이런 내용이네.

'알렉산데르 6세의 아들인 체사레 보르자가 로마 정복을 이루었다. 그런데 이탈리를 정식으로 사들이려면 돈이 필요했다. 교황인 알렉산데르 6세도 프랑스 왕 루이 12세의 손을 잡기 위해 돈이 필요했다. 둘은 묘안을 짜냈다. 돈 많은 사람 둘을 추기경에 임명하고 그 직의 대가로 거액의 돈을 받기로 한 것이다. 그중 한 명이 바로 체사레 스파다였다.

교황과 보르자는 그들을 오찬에 초대했다. 유산을 차압하기 위해 그들을 죽이려는 음모였다. ―당시의 상황을 자세하게 설명하기는 어려우니 그냥 그 정도로 알고 넘어가게― 스파다는 아주 신중한 사람이었음에도 결국 두 사람은 독이 들어 있는 포도주를 마시고 죽어버렸다. 그런데 정작 스파다가를 뒤져보니 소문과는 달리 재산이 하나도 없었고 겨우 이런 「유언장」이 하나 있었을 뿐이다.

사랑하는 조카에게 내 문갑과 책들을 남긴다. 그중에 모서리에 황금 칠을 한 『기도서』가 있다. 조카는 너를 사랑하는 백부의 유물로 알고 잘 보관해주기 바란다.

탈출

109

보르자와 교황은 찾고 뒤지고 뒷조사를 해보았다. 하지만 아무것도 나온 것이 없었다. 이후 교황이 독살되고 보르자는 추방되었다. 그런데 그 이후에도 스파다가는 여전히 전과 다름없이 가난한 삶을 살았다. 그 많던 재산이 다 어디로 간 건지 수수께끼가 된 것이다.'

여기까지가 「전기」에 나오는 내용을 내가 간추려서 자네에게 들려준 거라네. 그 이후 이야기를 해주지.

스파다 일가는 그 후 그냥 평범하게 살았다네. 이런저런 일을 한 사람들로 대가 이어져오다가 내가 모셨던 스파다 백작 시대에 이르게 된 거지. 결국 그가 이 가문 마지막 사람이 된 거라네. 그가 지위에 비해 재산이 너무 적다고 불평하는 소리를 내가 종종 들을 수 있었다네. 그러다가 결국 백작이 돌아가셨네. 그분은 내게 집안 대대로 전해 내려오던 『기도서』를 내게 주었다네. 후손이 아무도 없으니 나를 후계자로 삼은 셈이지.

1807년 내가 체포되기 한 달 전, 그러니까 스파다 백작이 죽은 지 보름이 지났을 때였다네. 5월 25일이었어. 나는 서류들을 읽다가 깜빡 잠이 들었다네. 눈을 뜨니 시계가 6시를 알리고 있었네. 아직 사방은 캄캄했지. 불을 켜려고 초를 들었지. 그런데 성냥갑에 성냥이 떨어지고 없었네. 나는 난로 속 꺼져가는 불에 불을 붙이려고 종이를 찾았지. 마땅한 종이가 없었기에 나는 『기도서』 속에 낀 채 오랫동안 보관되어왔던, 윗부분이 누렇게 바랜 헌 종이 생각이 났지. 나는 그 종이를 더듬어 잡아 둘둘 만 후 난로 속에 갖다 대고 불을 붙였다네.

그런데 이게 무슨 일인가! 종이에 불길이 일자 하얀 종이 위에 노란 글자가 떠오르는 게 아닌가! 나는 얼른 불을 껐다네. 그리고 초를 직접 난로불로 가져가 불을 밝혔지. 그러고는 얼른 종이를 펴보았다네. 그게 바로 자네가 읽은 종이일세. 3분의 1 이상이 타버린 거지. 어디 다시 한 번 읽어보게.”

파리아는 당테스에게 종이를 내밀었다. 당테스는 거기 쓰인 글을 열심히 읽었다. 하지만 반쪽은 타버리고 없어 도무지 무슨 소리인지 알 수가 없었다. 1498년 4월 25일, 오찬 초대, 독살, 몽테크리스토의 섬, 금궤, 금화, 보석류, 로마 화폐로 대략 200, 동굴, 나의 조카, 상속 등의 글씨가 눈에 띌 뿐이었다.

당테스가 어리둥절한 표정을 짓자 파리아가 다른 쪽지를 당테스에게 건네면서 말했다.

탈출

"나는 불에 타서 조각난 부분들을 맞추고 행의 길이를 계산해서 걸맞은 단어들을 찾아내어 타버린 부분을 완성했네. 자, 함께 붙여서 읽어보게."

당테스는 두 글을 맞추어 읽어보았다.

나는 1498년 4월 25일 교황 알렉산데르 폐하로부터 오찬에 초대를 받았다. 혹시 나의 재산을 압수하고 나를 독살하려는 게 아닌지 두렵다. 따라서 나는 내 상속자인 조카에게 다음과 같은 사실을 유언으로 남긴다.

조카는 나와 함께 몽테크리스토섬에 가본 적이 있을 것이다. 나는 그 섬의 동굴 안에 내가 소유하고 있던 금덩어리, 금화, 보석, 다이아몬드 등을 묻어두었다. 나 외에 그 소재를 아는 사람은 아무도 없다. 거기 묻은 보물들의 값어치는 로마 화폐로 대략 200만 에퀴다. 이를 찾으려면 동쪽 작은 만으로부터 스무 번째에 있는 바위를 들추어라. 그 바위를 들추면 동굴이 두 개 나타날 것이다. 보물은 제2의 굴 제일 안쪽에 있다. 나는 내 조카 귀도 스파다를 그 보물들의 유일한 상속인으로 정하니, 그 보물은 모두 그의 소유임을 선언하노라.

1498년 4월 25일

체사레 스파다

　파리아는 다정한 시선으로 당테스를 바라보았다. 마치 아버지와 같은 시선이었다.

　"어때, 이제 알겠나? 아까도 말했지만 우리가 같이 탈출할 수 있다면 그 보물의 절반은 자네 거네. 하지만 나는 여기서 죽을 확률이 크니까 전부 자네 것인 셈이지."

　"하지만 그 보물의 정당한 주인은 따로 있지 않을까요?"

　"안심하도록 하게. 스파다가문은 이제 완전히 대가 끊겼다네. 그 가문 마지막 인물인 스파다 백작이 내게 그『기도서』를 물려주었으니 내가 그 보물의 상속인임을 인정한 셈이지. 만약 우리가 그 보물을 발견한다면 그건 바로 우리 것일세."

　"어휴, 정말 어마어마한 보물인데요. 그 액수가 자그마치……."

　"그래, 어마어마하지. 로마 화폐로 200만 에퀴니까, 우리나라 돈으로 1,200만 에퀴지. 6,000만 프랑이 넘어. 어쩌면 1억

프랑이 넘을지도 몰라. 스파다가는 15세기 이래 가장 부유했던 가문의 하나야. 하나도 놀랄 일이 아니지. 자넨 내 아들이나 마찬가지야. 자네는 나를, 하늘이 나를 위로해주려고 보내주신 거야."

그는 마비되지 않은 한쪽 팔을 당테스에게 내밀었다. 청년은 그의 목을 얼싸안았다. 그의 눈에는 눈물이 그렁그렁했다.

얼마 지나지 않아 파리아의 오른팔과 왼쪽 다리는 완전히 마비되고 말았다. 그리고 그와 함께 그들이 오랫동안 계획했던 탈출의 꿈도 물거품이 되고 말았다. 형무소 당국에서 그들이 탈출하려던 복도를 보수한 것이다. 그들이 파두었던 구멍도 엄청나게 큰 바위로 더 단단히 메워져버렸다.

파리아는 당테스에게 「유서」의 내용을 모두 암기하도록 시켰다. 그리고 당테스에게 그가 알고 있는 모든 것을 다 가르쳐주었다. 그러던 어느 날 파리아는 몽테크리스토섬을 잊지 말라는 말을 남기고 숨을 거두었다. 아침 6시였다. 당테스는 마음대로 울 수도 없었다. 빨리 그 방에서 나와 자기 방으로 가야 했기 때문이다.

간수가 아침을 갖다주고 가버리자 당테스는 파리아의 방에서 무슨 일이 벌어지고 있는지 궁금해서 견딜 수 없었다. 그는 굴을 따라 그 방 아래까지 가서 귀를 기울였다. 소장과 간수들이 감방으로 들어왔고 의사가 와서 그가 완전히 죽었음을 확인했다. 간수들이 시체를 싸는 것을 알 수 있었다. 시체 싸는 작업이 끝나자 소장이 말했다.

"자, 오늘 밤이야. 알았지?"

"몇 시쯤이면 되지요?"

"10시나 11시쯤."

"시체를 지켜봐야 할까요?"

"그럴 필요 없어. 살아 있을 때처럼 문만 잠가두면 돼."

얼마 후 사람들의 발소리가 멀어졌다. 얼마 후 당테스가 머리로 포석을 천천히 들어올렸다. 조심스레 머리를 내밀고 방 안을 둘러보니 아무도 없었다. 당테스는 굴 밖으로 나왔다.

그는 침대로 눈길을 돌렸다. 창틈으로 스며든 희미한 햇살에 거친 천으로 된 자루가 그 위에 놓여 있는 것이 어슴푸레 보였다. 파리아의 마지막 싸구려 수의였다. 당테스는 침대 머리에 앉아 슬픔에 잠겼다. 그는 생명의 은인이었고 스승이었고 어버이였고 그 무엇보다 이야기를 나눌 수 있는 단 한 명의 살아 있는 사람이었다.

그는 다시 외톨이가 되었다. 다시 끝없는 침묵 속으로 굴러떨어지고 만 것이다. 그의 앞길에는 다시 허무만이 기다리고 있게 된 것이었다.

그는 죽음을 생각했다. 그리고 파리아같이 되기 전에는 이 섬에서 결코 나가지 못하리라는 절망에 빠졌다. 그 순간 그에게 돌연 번개 같은 생각이 떠올랐다.

'파리아 대신 나간다?'

그는 방을 서성거렸다.

'오오, 하느님! 제게 이런 생각이 들다니! 그래, 여기서 빠져나갈 수 있는 건 시체밖에 없어. 맞아! 내가 시체 노릇을 하는 거야.'

그 생각이 들자 그는 파리아의 단도로 자루를 열었다. 그리고 시체를 꺼내 재빨리 자기 감방으로 날랐다. 그는 시체를 자기 침대에 벽 쪽을 향해 눕힌 다음 자기의 헝겊 조각을 머리에 씌웠다. 자신이 늘 머리에 쓰고 있던 것이었다. 그런 후 그는 시체 위에 담요를 덮어놓았다. 그는 마지막으로 파리아의 이마에 입을 맞추고 아직도 뜨고 있는 눈을 감겨주었다. 그러고는 다시 파리아의 방으로 돌아와 자루 속에 누운 후 찢어진 곳을 파리아가 준 바늘로 꿰맸다.

밤 10시가 되려면 아직 한참을 기다려야 했다. 자루 안에 누워 있는 당테스는 오만가지 생각에 시달려야 했다. 하지만 저녁 시간이 지나도록 아무런 소동도 일지 않았다. 시체가 바뀐 것이 들키지 않았다는 뜻이다.

이윽고 소장이 정해준 시간이 가까워오자 층계에서 발걸음 소리가 들려왔다. 당테스는 온 힘을 다해 숨을 죽였다. 속으로는 자기 무덤을 너무 무거운 흙으로 두껍게 덮지만 않았으면 하고 바랄 뿐이었다. 이윽고 문이 열리고 희미한 불빛이 비치는 것을 눈으로 느낄 수 있었다. 자루를 통해서 보니 두 사람의 그림자가 침대 가까이 오는 것을 알 수 있었다. 간수인 듯한 세 번째 그림자가 손에 등불을 들고 문가에 서 있었다. 두 사람은 침대 가까이 오더니 각각 자루 양쪽 끝을 잡았다.

그중 한 명이 말했다.

"원, 말라빠진 영감이 뭐 이렇게 무거워?"

그러자 다른 사나이가 말했다.

"뼈도 해마다 무게가 느는 모양이야."

그러자 첫 번째 사나이가 말했다.

"그래, 달았나?"

"미리 무겁게 그럴 거 없잖아. 거기 가서 달도록 하지."

'도대체 무엇을 단다는 말이지?' 당테스는 의아하게 생각했다.

그들은 시체 아닌 시체를 들것에 싣고 밖으로 가져갔다. 자루 안의 당테스는 신선한 밤바람을 느꼈다. 그것만으로도 감격스러웠다. 그들은 자루를 땅바닥에 내려놓더니 무언가를 낑낑대며 가져와 쿵 소리를 내며 자루 옆에 던졌다. 그러더니 밧줄로 자기의 발을 아플 정도로 단단히 묶었다.

그들은 자루를 다시 들것에 실은 다음 50보 정도 더 걸어갔다. 당테스의 귀에 파도 소리가 들렸다. 잠시 후 그들이 자신의 몸을 양쪽에서 마주 잡고 흔들어대는 것이 느껴졌다.

"자, 도중에 바위에 걸리지 않도록 멀리 던지세."

그들은 하나, 둘, 셋 하는 구호와 함께 자루를 허공에 던졌다. 무언가 무거운 것이 발목에 묶여 자루는 빠르게 아래로 떨어졌다. 첨벙하는 무시무시한 소리와 함께 당테스는 차가운

물 위로 떨어졌다. 발목에 매달아놓은 무거운 추 때문에 당테스는 점점 더 깊은 곳으로 끌려 내려갔다. 이프 성의 묘지는 바로 바다였던 것이다.

당테스는 질식할 것만 같았다. 하지만 숨을 참을 만큼의 기운은 남아 있었다. 그는 손에 쥐고 있던 칼로 자루를 가르고 발에 묶어놓은 끈을 잘랐다. 그리고 힘차게 발길질을 했다. 얼마 후 그의 몸은 수면 위로 떠올랐다. 그는 힘차게 도리질을 했다. 어두운 가운데 맞이한 자유였다!

보물을 찾아내다

당테스는 지나가던 범선에 구조되었다. 밀무역을 하는 쥔아멜리호였다. 1829년이었다. 당테스는 14년을 감옥에 있었던 것이다. 열아홉에 이프섬에 들어간 그는 서른셋의 나이에 그곳에서 나왔다. 그는 그 배에서 능숙한 솜씨를 발휘하여 함께 일을 할 수 있게 되었다. 세월로 인해, 또한 오랫동안의 감방생활로 인해 그의 얼굴은 아무도 알아볼 수 없을 만큼 변해 있었다.

그는 쥔아멜리호의 본거지인 리보르노에 살면서 몽테크리스토섬에 혼자 갈 수 있는 방법을 찾았다. 몽테크리스토섬은 그가 잘 아는 섬이었다. 그는 전에 종종 코르시카섬과 엘바섬

사이에 있는 그 섬 앞을 지난 적이 있었다. 그 섬은 화산 폭발로 인해 생긴 섬으로 무인도였다.

에드몽 당테스가 친절한 선장과 일한 지 어느덧 두 달 반이라는 세월이 흘렀다. 그는 이제 능숙한 연안 항해사가 되었다. 그는 몽테크리스토섬 옆을 지나다니면서 그 섬에 혼자 상륙할 기회를 노리고 있었다. 그러던 어느 날 마침내 기회가 왔다.

선장은 당테스를 신임하여 자기 뒤를 이을 사람으로 생각할 정도였다. 어느 날 선장이 당테스를 술집으로 불러냈다. 큰 건의 해상거래를 위해 다른 밀수업자를 만나는 데 함께 가자는 것이었다. 터키산 카펫과 동양의 직물, 캐시미어를 싣고 온 배와 교역을 하는 일이었다. 문제는 그 물건들을 임시로 내려놓을 만한 중립지대를 찾는 데 있었다.

그런데 선장이 임시 하역 장소로 몽테크리스토섬을 제안했다. 완전한 무인도로서 군대도, 세관도 없으니 안성맞춤이었다. 상대방도 동의했다. 몽테크리스토섬! 당테스는 기뻐서 펄쩍 뛰었다. 아무런 의심도 받지 않고 자연스럽게 그 섬에 발을 디딜 기회가 오다니!

당테스가 아주 좋은 의견이라고 하자 당장 결정이 되었다. 다음 날 밤 출항 준비를 완료하고 그다음 날 밤에는 몽테크리스토섬에 도착하기로 일정을 잡았다. 섬에 도착하기 하루 전날 밤 에드몽 당테스는 잠을 이루지 못했다. 눈을 감으면 스파다 추기경의 편지가 아른거렸고, 이제까지 겪은 온갖 행운과 불운이 차례차례 떠올랐다. 그러나 그렇게 들떠 있을 수만은 없었다. 무슨 수를 쓰더라도 혼자 섬에 남아야 한다. 그는 확실한 계획을 세웠다.

드디어 거사 날이 되었다. 당테스가 마치 선장이라도 된 듯 모든 것을 지휘했고 선장을 비롯해 모두들 그것을 당연하게 생각했다. 저녁 7시에는 모든 준비가 끝났고 배는 출발했다. 두 시간 정도 지나자 배는 엘바섬 앞을 지났다. 그리고 얼마 지나지 않아 몽테크리스토섬이 우뚝 솟아 있는 것이 보였다. 배는 밤 10시에 섬의 해안에 닿았다. 죈아멜리호가 이곳에서 접선하기로 한 다른 배보다 먼저 도착한 것이다.

캄캄한 밤이었지만 11시쯤 되자 달이 바다 한가운데 떠올랐다. 바다의 잔물결들이 달빛을 받아 은빛으로 반짝였다. 몽테크리스토섬은 죈아멜리호 승무원들이 수시로 머무는 정박

지여서 그들에게 친숙한 곳이었다. 당테스는 쥔아멜리호 승무원들 중 가장 친하게 지내는 자코포에게 물었다.

"오늘 밤 어디서 잘 거야?"

"당연히 배 갑판 위에서 자야지."

"동굴 같은 걸 찾아서 자는 게 낫지 않을까?"

섬에 혹시 동굴 같은 것이 있음을 그가 알고 있는가 해서 물은 것이었다.

"동굴? 무슨 동굴 이야기인가? 섬에 동굴이 있다는 소리는 들어본 적도 없어. 이 섬에는 동굴 같은 건 없어."

자코포의 말에 당테스의 등줄기로 식은땀이 흘렀다. 동굴들이 자연적으로 막혀버렸거나 애당초 스파다 추기경이 동굴 입구를 아예 메워버렸을지도 몰랐다. 무엇보다 동굴 입구를 찾는 게 급선무였다. 내일은 우선 동굴 입구를 찾으리라.

얼마 후 바다 위에서 신호가 올라갔다. 쥔아멜리호에서도 똑같은 신호를 올렸다. 작업 개시 신호였다. 나중에 온 배가 해안 가까이 닻을 내리자 짐 운반이 시작되었다. 일은 쉽게 끝나고 모두 배 안에서 잠을 잤다.

다음 날 아침 당테스는 총과 화약을 가지고 산양을 잡겠다며 나섰다. 그가 평소에 사냥을 즐겨했기에, 아무도 이상하게 생각하지 않았다. 다만 자코포만이 함께 사냥을 가겠다며 따라 나섰다. 혼자 가겠다고 우기면 남들의 의심을 살까봐 당테스는 그와 함께 나섰다. 약 1킬로미터쯤 갔을 때 그는 산양 한 마리를 잡았다. 그는 그 산양을 동료들에게 가져가라고 자코포에게 말했다. 그리고 그것을 구워서 점심 준비를 하고, 요리가 다 되면 신호로 총을 한 방 쏴서 알려달라고 말한 후 사냥을 더 하겠다며 계속 산 위로 올라갔다.

자코포가 산양을 가지고 내려가자 당테스는 길을 계속갔다. 바위 꼭대기에서 보니 자코포가 벌써 동료들에게 도착해서 동료들과 열심히 점심 준비를 하고 있었다.

그는 인적이 끊긴 오솔길을 따라 동굴이 있으리라 짐작되는 지점 쪽으로 향했다. 그는 아주 꼼꼼하게 작은 부분까지 세심하게 살폈다. 그는 바위 몇 개 위에서 사람의 손에 파인 자국 같은 것을 발견했지만 동굴은 발견할 수 없었다.

그가 동굴을 찾아 헤매는 사이 그의 동료들이 물을 긷고 배에서 빵과 과일을 나르는 등, 열심히 점심 준비를 하고 있었다. 몇 명은 당테스가 잡은 산양을 손질해 굽고 있었다. 그들이 고개를 들어 산 위를 보니 그들 눈에 바위 위를 마치 산양처럼 뛰어다니는 당테스의 모습이 보였다. 그들이 점심 준비가 되었다는 신호로 허공을 향하여 총을 한 방 쏘자 당테스는 그들 쪽으로 방향을 잡았다. 그는 나는 듯이 바위를 건너뛰며 달려오고 있었다. 모두 아슬아슬해하며 그 모습을 보고 있었다. 순간 당테스가 발을 헛디뎠다. 그는 바위 꼭대기에서 비틀거리더니 아래로 떨어져버렸는지 이내 그 모습이 시야에서 사라졌다.

자코포를 선두로 해서 선원들이 모두 달려갔다. 바위 근처로 가보니 당테스가 거의 정신을 잃은 채 피를 흘리고 있는 것을 발견할 수 있었다. 4~5미터는 되는 높이에서 떨어진 것 같았다. 당테스의 입에 럼주를 몇 방울 흘려 넣자 그가 정신을 차렸다. 그는 머리도 무겁고 무릎과 허리가 너무 아프다고 투덜거렸다.

동료들이 그를 해안으로 데려가려 했다. 그러나 그의 몸에 손을 대자마자 당테스는 비명을 질렀다. 너무 아파서 도저히 움직일 수 없다는 것이었다. 그는 동료들에게 가서 점심 식사를 하라고 했다. 좀 쉬고 있으면 나을 것이라고 말했다.

하지만 그들이 식사를 마치고 돌아왔을 때도 당테스는 회복되지 않았다. 물건을 일찌감치 여기저기 하역해야만 했던 선장은 어떻게든 당테스를 일으켜보려 애썼다. 당테스도 일어나려고 애를 써보았다. 하지만 그때마다 오만상을 찌푸리며 다시 쓰러졌다.

당테스는 수심에 가득 찬 선장에게 말했다.

"제게 먹을 것 조금하고 총 한 자루와 탄약을 남겨놓고 떠나세요. 곡괭이도 하나 놔두세요. 혹 저를 데리러 오는 게 너무 늦으시면 누울 만한 곳을 마련해야 하니까요."

"하지만 아무리 빨라도 1주일 내로는 못 올 텐데."

"도중에 이곳으로 오는 어선을 만나게 되면 제게 오라고 부탁을 해주세요. 만일 그런 배를 못 만나게 되면 1주일 후에 직접 저를 데리러 와주세요."

선장은 출발할 수밖에 없었다. 당테스는 남으려는 자코포도 좋은 말로 돌려보냈다. 배가 떠나고 얼마 후 그들이 보이지 않게 되자 당테스는 가볍게 몸을 일으켰다. 그는 손과 곡괭이를 들더니 아까 바위 위에서 흔적을 발견한 곳으로 달려갔다. 그리고 그는 큰 소리로 외쳤다.

"자, 열려라, 참깨!"

태양이 3분의 1쯤 떠올라 있었다. 오월의 햇살이 따갑게 바위들 위로 내리쬐고 있었다. 이제 이 섬에 사람이라고는 나 혼자다! 당테스는 무언가 모를 일종의 두려움을 느꼈다. 꼭 누군가 보고 있는 것 같았다. 그는 바위에 올라 주위를 둘러보았다. 코르시카섬의 집들이 보일 만큼 가까이 있었고 그 옆에 사르데냐섬도 있었으며 엘바섬도 보였다. 그리고 저 멀리 가물가물 사라져버리는 쥔아멜리호의 모습이 보였다. 그러자 비로소 그는 안심이 되었다.

그는 조심스럽게 아래로 내려왔다. 그리고 사람 손자국이 나 있던 둥그런 바위가 있는 곳으로 다시 돌아왔다. 우선 그 바위를 움직여야 했다. 당테스는 바위 아래 흙을 떼어냈다. 그리고 튼튼한 올리브 나무를 지렛대로 이용해서 바위를 굴리려 했다. 하지만 어림없었다. 그는 화약을 위에 있는 바위와 아래 바위 사이에 넣고 손수건 끝으로 심지를 만들어 불을 붙였다. 그리고 멀리 달아났다. 얼마 후 폭발음이 들렸다. 위에 있던 바위는 튀어올랐고 밑에 있던 바위는 산산이 부서졌다.

가까이 가보니 바위가 있던 자리에 네모진 포석이 있었고 쇠고리가 박혀 있었다. 당테스는 지레를 고리 안에 끼우고 힘껏 들어올렸다. 그러자 계단이 나왔다. 계단을 내려가자 이번에는 동굴이 이어졌다. 동굴 안인데도 불구하고 따스했으며 퀴퀴한 냄새 대신 은은한 향기가 풍기는 것 같기도 했다. 당테스는 추기경의 글에 쓰인 대로 제1동굴을 지나 제2동굴로 들어갔다. 두 번째 동굴은 먼저 동굴보다 다 어두웠고 그래서 더 무시무시했다. 하지만 당테스는 어둠에 단련된 눈을 가지고 있었기에 모든 것을 식별할 수 있었다. 입구 왼쪽에는 깊고 어두운 모서리가 있었다. 만약에 보물이 있다면 저 어두운 구석에 묻혀 있는 것이 분명했다.

그는 구석으로 다가갔다. 그리고 곡괭이질을 해서 땅을 팠다. 몇 번인가 곡괭이질을 하자, 곡괭이 끝이 무언가 쇠붙이에 닿는 소리가 들렸다. 당테스는 기대하던 소리가 들렸음에도 불구하고 무언가에 질린 듯 얼굴이 새파래졌다. 인간은 아무리 좋은 일이라도 기적 앞에서는 우선 공포를 느끼게 되어 있는 모양이다.

당테스는 심호흡을 하며 옆을 두드려보았다. 분명 무언가를 곡괭이가 건드렸다. 하지만 소리는 같지 않았다. 당테스는 생각했다.

'음, 나무 상자로군. 아까는 쇠로 만든 테두리에 부딪친 거야……'

그는 계속 곡괭이를 내리쳤다. 얼마 안 가서 어마어마하게 큰 참나무 상자가 하나 나타났다. 당테스의 짐작대로 쇠로 테를 두른 상자였다. 뚜껑 한가운데는 스파다가의 문장이 빛나고 있었다. 그는 상자 주위의 흙을 털었다. 그리고 곡괭이 자루를 지렛대로 사용해 뚜껑을 여는 데 성공했다.

당테스는 황홀경에 빠졌다. 그는 두 눈을 감았다. 그리고 다시 눈을 떴다. 정말 믿을 수 없었다.

상자는 세 칸으로 나뉘어 있었다.

첫째 칸에는 온통 화려한 금화들이 번쩍이고 있었다.

둘째 칸에는 가공 안 된 금괴들이 가지런히 정돈되어 있었으며 마지막 칸에는 다이아몬드, 진주, 루비 등 온갖 보석들이 찬란한 빛을 발하며 수북이 담겨 있었다.

당테스는 그 보물들을 만져보고 그 안에 손을 담가본 후 벌떡 일어섰다. 그리고 몸을 부들부들 떨면서 길을 되돌려 동굴

보물을 찾아내다

밖으로 나왔다. 마치 미친 사람 같았다. 그는 바위 위로 올라 갔다. 배 한 점 떠 있지 않은 바다만 내려다보일 뿐이었다. 그는 섬을 한참 뛰어다녔다. 가만있으면 정신이 나갈 것 같았기 때문이다.

섬을 한 바퀴 돌고 난 후 그는 다시 보물 앞으로 왔다. 그는 보물들 앞에 무릎을 꿇었다. 그는 떨리는 가슴을 진정시키고 속으로 기도했다. 자신의 행운이 꿈이 아니라 사실이라는 것이 확실해지자 그는 보물을 계산해보기 시작했다.

하나에 2~3파운드 값이 나가는 금덩어리가 1,000개, 지금 화폐로 각각 80프랑씩 하는 금화가 2만 5,000개, 그 외에 이루 말할 수 없이 귀한 보석들……. 도무지 계산하기도 어려운 어마어마한 보물이었다.

해가 기울고 날이 어두워지자 당테스는 총을 들고 밖으로 나왔다. 그리고 비스킷 한 쪽과 포도주 몇 잔으로 식사를 끝냈다. 그는 마치 동굴 입구를 자신의 몸으로 막으려는 듯 그 입구에서 몇 시간 잠을 잤다. 감미로운 밤이었으며 동시에 무서운 밤이었다.

동이 텄다. 당테스는 오래전부터 잠에서 깨어 동이 트기만 기다리고 있었다. 날이 밝자 그는 즉각 일어나 섬 제일 꼭대기 바위로 올라갔다. 주변을 둘러보니 어제처럼 아무도 보이지 않았다.

당테스는 다시 동굴로 내려가서 주머니를 보석들로 가득 채웠다. 그리고 정성을 다해 보물 상자의 쇠와 판자들을 제자리에 끼운 후 상자 위에 흙을 덮었다. 이어서 발로 꾹꾹 밟은 다음 그 위에 모래를 뿌려 다른 곳과 구별이 되지 않게 해놓았다. 그는 동굴을 나왔다. 그리고 동굴 입구의 발자국 등 모든 흔적을 지웠다.

그의 동료들은 엿새 만에 돌아왔다. 당테스는 그들과 함께 리보르노로 돌아왔다. 그는 우선 어느 유대인 보석상으로 갔다. 그는 조그만 다이아몬드 네 개를 개당 5,000프랑씩 받고 팔았다. 상인은 아무것도 묻지 않았다. 하나에 1,000프랑씩 이익이 남았기 때문이다. 그는 그 돈으로 배를 한 척 사서 그동안 친하게 지냈던 자코포에게 주었다. 그리고 승무원을 고용하는 데 필요한 돈도 어느 정도 더 얹어주었다, 당테스는 자기가 사실은 귀족이며, 일시적 기분으로 잠시 선원 생활을 해본 것이라고 그에게 말했다. 그리고 백부의 유일한 상속자로서 유산을 상속받았다고 말했다. 자코포는 꿈을 꾸는 것 같았다. 그는 당테스의 말을 조금도 의심하지 않았다. 대신 당테스는 자코포에게 마르세유로 가서, 당테스라는 노인과 카탈루냐 마을에 살고 있는 메르세데스라는 처녀의 소식을 알아오라고 했다. 그러고는 몽테크리스토섬에서 만나자고 약속했다.

당테스는 죈아멜리호 선장과도 작별했다. 선장은 그를 잡고 싶었지만 그가 상속을 받았다는 말을 듣고는 어쩔 수 없었다. 당테스는 선장과 선원들에게 후하게 사례한 후 그들과 작별했다.

그는 이탈리아 북부의 제노바로 갔다. 그리고 그곳에서 6만 프랑에 요트를 한 척 샀다. 그는 배 주인에게 부탁하여 선실 침대 머리맡에 아주 커다란 비밀 금고를 하나 짜고, 그 금고 속을 세 개의 칸으로 나누어달라고 했다.

그는 그 요트를 몰고 몽테크리스토섬으로 갔다. 성능이 워낙 좋은 요트라서 서른다섯 시간밖에 걸리지 않았다. 이튿날 저녁 무렵, 그는 배들이 드나들지 않는 작은 만에 닻을 내렸다. 섬에는 아무도 다녀간 흔적이 없었다. 그는 그 막대한 보물을 요트로 옮겨 와 세 칸의 비밀 금고에 채웠다. 워낙 많은 양이었기에 오랜 시간이 걸렸다.

그는 그곳에 1주일을 머물렀다. 1주일째 되던 날 자코포의 배가 들어오는 것이 보였다. 그는 반갑게 자코포를 맞았지만 그가 가져온 소식은 슬픈 소식뿐이었다. 당테스 노인은 이미 세상을 떴고, 메르세데스는 어디로 갔는지 아무도 모른다는 것이었다.

당테스는 결심했다.

'그래, 내가 마르세유로 가는 거야. 내가 직접 궁금한 것들을 알아보는 거야. 내 얼굴을 아무도 알아볼 수 없을 거야. 영국인 여권을 하나 장만해서 영국인 행세를 하면 될 거야.'

그는 뱃사람 둘을 고용해서 배를 마르세유로 몰게 했다. 그리고 그 운명적인 밤, 자신을 이프섬으로 싣고 간 배에 탔던 바로 그 자리에 닻을 내렸다.

그는 우선 아버지가 살고 있던 노아유 가의 알레 드 메랑으로 갔다. 하지만 아버지가 살던 방에는 결혼한 지 1주일밖에 되지 않은 젊은 부부가 살고 있었다. 그는 눈물을 뚝뚝 흘리며 한 층 아래로 내려왔다. 그리고 문지기에게 그곳에 아직 양복장이 카드루스가 살고 있느냐고 물어보았다. 그러자 카드루스가 사업에 실패해서 지금은 자그마한 주막집을 경영하고 있다고 대답했다. 당테스가 그 위치를 묻자 문지기는 그 주막집이 벨가르드에서 보케르로 가는 한길가에 있다고 알려주었다.

아래층으로 내려온 당테스는 알레 드 메랑 가 주인의 집을 물어 찾아갔다. 그리고 그 집을 2만 5,000프랑에 샀다. 시세보다 만 프랑을 더 주고 산 것이다. 그는 아버지 방에 살던 부부에게 세는 안 주어도 좋으니 마음에 드는 다른 방 아무거나 골라 옮기라고 말했다. 아버지가 살던 방을 그대로 비워두고 싶어서였다. 그런 후 그는 마르세유로 돌아가 얼마간 지낸 후 마르세유를 떠나 어디론가 향했다.

보은

벨가르드와 보케르에 이르는 길 중
간쯤에 자그마한 주막이 하나 있었다. 양철판 위에는 '퐁뒤가
르'라고 써놓은 초라한 간판이 하나 매달려 있었다. 약 7~8년
전부터 이 작은 주막을 어떤 부부가 운영하고 있었다. 고용인
이라고는 하녀 한 명과 외양간지기 소년이 한 명 있을 뿐이었
다. 처음에는 그럭저럭 손님이 있었지만 보케르에서 에그모
르트까지 운하가 생긴 이래로 거의 파리만 날리고 있었다.

그 주막 주인은 바로 우리가 잘 아는 카드루스였다. 그의
아내의 이름은 마들렌 라델이었는데 카드루스는 그녀를 그
이름 대신 카르콩트라고 불렀다. 카르콩트는 그녀가 태어난

곳이었다. 그녀는 얼굴이 창백하고 병약한 여자였다. 그녀는 늘 2층 자기 방구석에 앉아 있었다.

카드루스는 늘 그렇듯이 문 앞에 앉아 인적이라고는 없는 길 쪽을 향해 처량한 눈길을 던지고 있었다. 그런데 정오쯤 되었을 때 벨가르드 쪽에서 신부 한 명이 말을 타고 나타나더니 바로 주막으로 들어섰다. 카드루스는 얼른 일어나 인사했다.

"어서 오십시오, 신부님. 뭐 마실 것 좀 드릴까요?"

신부는 조심스럽게 주인의 얼굴을 쳐다보았다. 그리고 또렷한 이탈리아 식 억양으로 카드루스에게 물었다.

"당신이 카드루스 씨인가요?"

"네, 제가 바로 가스파르 카드루스입니다."

"내가 잘 찾아왔군요. 자, 댁에서 제일 좋은 포도주 한 병 주시오. 마시면서 이야기합시다."

카드루스는 카오르 포도주 한 병을 들고 다시 나타났다. 이런저런 이야기가 오간 후 신부가 정색을 하고 말했다.

"자, 우선 당신이 내가 찾고 있는 사람인지 확인해야겠소. 당신, 당테스란 선원을 아시오?" 그러자 카드루스의 보랏빛 얼굴이 새빨개지면서 외쳤다.

"당테스요? 아다마다요. 오, 불쌍한 당테스! 저랑 정말 친하게 지냈지요. 그런데 신부님, 왜 그 친구 이야기를 꺼내시는 거지요? 그 불쌍한 당테스에게 무슨 일이라도?"

"그가 감옥에서 죽고 말았소."

카드루스의 얼굴이 새파랗게 질렸다. 그는 고개를 돌리고 수건 끝으로 눈물을 닦았다.

"오오, 가엾은 에드몽! 정말 하느님은 나쁜 놈들에게만 복을 주시고 정직한 사람은 외면하신단 말이야."

"난 그 사람 임종 머리맡에 있었소. 그런데 정말 이상한 일이 있었소. 감옥에 갇혀 죽은 사람이 죽는 순간까지 자기가 왜 감옥에 들어왔는지 모르겠다는 거요."

"그럴 겁니다. 신부님, 그 사람 거짓말한 게 아닙니다."

"그 사람이 죽어가면서 제발 자기 누명을 씻어달라고 내게 부탁하더군요. 그러면서 내게 커다란 다이아몬드를 하나 주었소. 자기가 감옥에서 친형제처럼 간호해주었던 어떤 영국 귀족이 죽으면서 그에게 주었다고 하더군요. 5만 프랑은 나가는 다이아몬드라오."

말을 마친 신부는 주머니에서 까만 상자를 하나 꺼내서 뚜껑을 열었다. 그 안에는, 한가운데 다이아몬드가 반짝이는 아름답게 세공된 반지가 들어 있었다. 카드루스는 눈이 휘둥그레졌다.

"그는 이 다이아몬드를 내게 주면서 말했소. '제게는 친구가 세 명 있었습니다. 약혼자도 한 명 있었구요. 제가 죽었다고 하면 슬퍼해줄 친구들입니다. 그중 한 명이 카드루스입니다. 또 한 명은 당글라르라고 하는 사람이고 또 한 사람을 페르낭입니다. 약혼녀 이름은 메르세데스입니다.' 그러면서 이 다이아몬드를 팔아 다섯으로 나누어 그들에게 주라고 말하더니 숨을 거두었소. 다섯 명 중에는 돌아가신 그의 아버지도 포함되어 있소. 그의 아버지가 돌아가셨다는 소식은 마르세유에서 들었소. 그래, 그의 아버지는 어떻게 돌아가셨소?"

그러자 카드루스가 더듬거리며 말했다.

"다들 화병으로 돌아가셨다고 말하지만 실은 굶어서 돌아가신 거지요."

"아니, 그렇다면 아무도 돌봐주지 않았다는 말이오?"

"메르세데스와 모렐 씨가 극진히 돌봐주었지요. 실은 절망에 빠진 그분이 스스로 곡기를 끊고 돌아가신 거랍니다. 그나

저나 에드몽이 페르낭하고 당글라르를 친구라고 했다지요?
저런 용서받지 못할 놈들을 죽어갈 때까지 친구로 여기다니,
불쌍한 에드몽."

"그게 무슨 말이오? 나는 유언을 한 사람이 바라는 대로 유
산을 제대로 분배해야 하니 제발 이야기를 좀 들려주시오."

카드루스는 좀 망설이는 기색이더니 이야기를 시작했다.

"신부님, 제가 아는 건 다 말씀드리겠습니다. 하지만 이 얘
기가 제 입에서 나왔다는 건 절대로 비밀로 해주십시오. 제가
입에 올리는 사람들이 돈도 많고 힘도 있어서 손가락 하나로
도 저 같은 놈은 가루로 만들어버릴 수 있으니까요."

"나는 신부요. 그 점은 안심하고 말해보시오. 내가 들은 고
해는 내 가슴속에 영원히 묻혀 사라지게 되어 있소. 어쨌든 나
는 당테스의 유산을 공정하게 처리해야 하니 조금도 꾸미지
말고 사실대로 말해주시오. 자, 단도직입적으로 묻겠소. 당테
스를 절망에 빠져 죽게 하고 그 아버지는 굶어죽게 만든 자들
이 도대체 누구요?"

"당테스를 시기하던 두 놈이지요. 그놈들이 친구라니! 당치

도 않은 말씀! 한 놈은 여자 때문에 그를 시기했고 한 놈은 야심 때문에 그를 배반하고 모함했지요. 바로 페르낭과 당글라르입니다. 그놈들이 에드몽을 보나파르트 당원이라고 밀고한 겁니다. 한 놈은 직접 편지를 썼고 다른 한 놈이 그걸 경찰에 보낸 겁니다."

"그 편지를 어디서 썼던가요?"

"약혼 피로연 전날에 바로 그 레제르브에서 썼지요."

카드루스의 말이 끝나자 신부가 중얼거렸다.

'맞았어, 맞았어. 오, 파리아 신부님, 당신은 어쩌면 그렇게 사람 속을 훤히 읽으실 수 있단 말입니까? 어쩌면 그렇게 세상일을 꿰뚫어보실 수 있단 말입니까?'

"뭐라고 말씀하셨습니까?" 카드루스가 물었다.

"아무것도 아니오. 계속해보시오."

"당글라르가 자기 필적을 알아볼 수 없도록 왼손으로 「고소장」을 썼습니다. 그걸 페르낭이 보냈답니다."

"그럼 당신도 그 자리에 있었군! 그러니 그렇게 잘 알지. 당신은 그런 못된 짓을 보고만 있었소? 당신도 공범 아니오?"

"아닙니다. 당글라르가 제게 마구 술을 퍼 먹이는 바람에 정신이 하나도 없었습니다. 그땐 저도 뭐가 뭔지 몰랐습니다. 그리고 못된 짓 하지 말라며 말리기도 했지요. 그런데 당글라르는 그냥 장난이라며……."

"그럼 당테스가 잡혀 갈 때는 왜 가만있었지요?"

"어휴, 모든 걸 다 밝히려고 했지요. 그랬더니 당글라르가 저를 말리더군요. 당테스가 정말 죄가 있으면 저도 공범으로 걸릴 거라고 협박하는 바람에 저도 입을 다물어버렸지요. 그 당시 정치 바람이 정말 세게 불고 있었거든요. 전 정말 겁이 났습니다. 비겁한 일이었지만 저는 정치는 정말 무서웠거든요. 하지만 밤이나 낮이나 그걸 뉘우치고 있습니다, 신부님. 하느님께 수도 없이 용서를 빌었습니다. 제가 요 모양 요 꼴이 된 건 그 벌을 받는 거지요."

카드루스는 정말 후회하는 표정을 지으며 고개를 숙였다.

"하느님은 당신을 용서하실 겁니다. 솔직하게 이야기를 다 해줌으로써 자신의 죄를 고백한 셈이니까요."

"하지만, 에드몽, 그 사람은 아무것도 모르고 이미 죽었으니 저를 용서할 수 없겠지요."

"그 사람도 당신이 참회하는 걸 알고 있을 겁니다. 죽으면 모든 걸 다 알게 된다고 하지 않습니까? 참, 아까 당신이 모렐 씨하고 메르세데스가 당테스 아버지를 보살폈다고 했지요? 모렐 씨는 이 사건 후 어떻게 행동했지요?"

"세상에 그렇게 정직하고, 용감하고 인정 많은 분도 없을 겁니다. 에드몽을 구하려고 자신의 위험도 돌보지 않고 백방 노력했지요. 나폴레옹 황제가 다시 돌아오자 모렐 씨는 청원 편지도 보내고 검사를 찾아가 협박도 했습니다. 왕이 다시 권력을 잡자 보나파르트파로 몰려서 고생도 많이 했지요. 그뿐이 아닙니다. 당테스 노인을 자기 집으로 모시려고 했어요. 노인이 아들을 집에서 기다리겠다고 한사코 마다하는 바람에 데려가지 못했지요. 그분은 노인이 돌아가시기 이틀 전에 노인을 찾아가서 벽난로 위에 돈 지갑을 놓고 갔습니다. 그 돈으로 노인이 진 빚도 갚고 장례도 치를 수 있었던 거지요. 제가 그 모든 걸 맡아 했기에 그 지갑을 아직 제가 갖고 있습니다. 빨간 레이스가 달린 큰 지갑입니다."

"그 모렐 씨라는 분, 아직 살아 있나요?"

"착한 사람이 잘사는 세상이라면 유복하게 살아야 하는데……. 거의 파산 지경입니다. 2년 동안 배를 다섯 척이나 잃었답니다. 지금 그 양반은 파라옹호가 인도에서 무사히 돌아오기만 바라고 있지요. 옛날에 당테스가 선장으로 일하게 되어 있던 배입니다. 그게 유일한 마지막 희망입니다. 만일 그 배가 돌아오지 못한다면 모렐 상사는 완전히 파산입니다."

"저런, 그럴 수가!"

"신부님, 저는 그러면 안 되는 줄 알면서도 하느님이 가끔 원망스럽습니다. 아까 말씀드린 것 외에는 정직하게 산 저는 요 모양이고, 남들에게 베풀고 산 모렐 씨도 저렇고……. 반면에 그 두 악당, 페르낭과 당글라르는 돈더미를 쌓아놓고 떵떵거리며 살고 있으니."

"그래요? 어떻게 해서 그렇게 되었지요?"

"운이 트인 거지요. 당글라르는 마르세유를 떠났습니다. 모렐 씨는 놈이 지은 죄도 모르고 「추천서」를 써주었지요. 그리고 스페인 은행가의 서기로 들어갔습니다. 그러더니 스페인 전쟁 때 군수품을 납품해서 한몫 단단히 벌었지요. 그러다가 어느 은행가의 딸과 결혼해서 재산을 수없이 불렸지요. 그 여자가 죽자 어떤 과부와 결혼했는데, 그 과부가 왕의 총애를 받는 살비외 씨의 딸이랍니다. 이제 그놈은 백만장자인데다, 남작이라는 지위도 얻었습니다."

"그는 그렇다 치고 페르낭은 어떻게 출세를 하고 재산도 모았단 말입니까? 재산도 없고 교육도 제대로 못 받은 카탈루냐 어부 출신인데……."

"정말 옛날얘기 같아요. 페르낭은 황제가 돌아온 직후 징집되었지요. 전쟁이 있던 이튿날 밤, 페르낭은 자기 부대 장군 숙소에서 보초를 서고 있었지요. 그런데 그 장군이라는 자가 실은 적과 내통을 하고 있던 자였답니다. 장군이 페르낭을 보고 영국 놈들과 만나는 자리에 함께 가자고 했답니다. 페르낭은 아무 생각 없이 그냥 따라갔지요. 나폴레옹이 그대로 왕위에 있었다면 페르낭은 역적으로 몰렸겠지요. 그런데 다시 부르봉 시대가 되니까 그게 출세를 보장해주는 이력이 되었답니다.

프랑스로 돌아온 뒤에도 그 장군이 후원을 해주어서 놈은 장교가 되었고, 스페인 왕당파들의 협조를 얻기 위해 마드리드로 파견되었답니다. 그가 스페인 사람이니까요. 거기서 당글라르도 만났다고 하더군요. 당글라르가 페르낭을 도운 모양입니다. 결국 스페인 왕당파의 도움을 받게 되었고 짧은 기간에 세운 큰 공으로 대령이 되었고 레지옹도뇌르 훈장과 백작 칭호까지 얻었답니다. 그뿐이 아닙니다. 그리스 독립전쟁 때 그리스를 돕기 위해 종군을 신청해서 허락을 받아냈지요. 그리고 그리스 독립전쟁의 영웅 알리 파샤가 있는 곳에서 근무를 하게 되었답니다. 그런데 알리 파샤가 죽기 전에 페르낭 앞으로 막대한 돈을 남겨주었답니다. 놈은 그 돈을 가지고 프랑스로 돌아와 이제는 장군이 되었답니다. 지금은 별을 셋 단 중장이지요."

신부는 잠시 생각에 잠겼다.

"그럼 메르세데스는 어찌 되었나요?"

"그녀도 완전히 다른 사람이 되었습니다. 지금은 파리의 귀부인입니다. 당테스도 잡혀가고 페르낭도 군대에 가고 혼자 남은 그녀는 정말 슬펐지요. 그런데 페르낭이 장교 계급장을 달고 휴가를 나온 겁니다. 하지만 처음부터 당장 그를 받아들이지는 않았습니다. 여전히 페르낭은 오빠일 뿐이고 정말 사랑한 것은 당테스였거든요. 하지만, 두 번째 휴가를 나왔을 때는, 6개월만 더 기다려보자고 하고, 결국 6개월 후 둘은 결혼식을 올렸습니다. 결혼한 지 1주일 만에 그들은 고향을 떠났습니다.”

카드루스의 이야기가 끝나자 신부는 주머니에서 다이아몬드를 꺼내어 카드루스에게 내밀었다.

“자, 이 다이아몬드를 받으시오. 에드몽이 친구에게 나눠주라고 한 다이아몬드입니다. 그런데 당신 이야기를 들으니 친구는 당신 한 명밖에 없었던 셈이오. 그러니 이걸 받아서 파시오. 5만 프랑은 받을 수 있을 거요. 그거면 당신은 충분히 다시 일어날 수 있을 거요.”

카드루스는 어쩔 줄 몰라했다.

“그 대신 조건이 하나 있소. 모렐 씨가 벽난로 위에 놓고 갔다는 붉은 지갑, 그걸 내게 주시오.”

카드루스는 의아한 눈으로 찬장으로 가더니 장문을 열고 색이 바랜 큰 지갑을 신부에게 주었다. 신부는 지갑을 받고 다이아몬드를 카드루스에게 내밀었다. 그리고는 그에게 인사를 하고 밖으로 나가 말에 올랐다.

이튿날, 한 영국식 차림의 신사가 노아유가 15번지에 사는 형무 검찰관 보빌 씨 집에 나타났다. 보빌 씨는 모렐 상사에

20만 프랑을 투자하고 그 채권을 갖고 있었다. 그 신사는 보빌 씨를 만나자 말했다.

"검찰관님, 제 소개를 해드리지요. 저는 로마의 톰슨 앤드 프렌치 상사 대리인입니다. 저희 상사는 마르세유의 모렐 상사와 거래를 맺고 약 10만 프랑을 투자했습니다. 그 상사가 파산하리라는 소문을 듣고 어떻게 된 사정인지 알려고 이렇게 찾아 왔습니다."

보빌 씨는 검찰관으로서의 직무보다는 휴짓조각이 될 20만 프랑의 채권에 대한 걱정으로 꽉 차 있었다. 신사가 그 이야기를 꺼내자 잘 되었다는 듯이 그가 말했다.

"사실입니다. 모렐 상사가 파산하는 건 시간문제입니다. 저도 거기 20만 프랑을 투자해놓고 있어서 걱정이 태산입니다. 이달 중순에 10만 프랑, 그리고 이달 말에 나머지 10만 프랑을 결제받게 되어 있습니다. 그런데 파라옹호가 제 날짜에 돌아오지 않으면 그 돈을 지불할 능력이 없을 수도 있다는 통보를 받았으니 걱정이 큽니다."

"걱정되시겠네요. 제가 그 채권을 사겠습니다. 현금으로 당장 20만 프랑을 지불해드릴 테니 그 채권을 제게 주십시오."

'세상에 이럴 수가!' 보빌 씨는 도저히 믿을 수 없다는 표정을 지었다.

"아니, 그렇다면 수수료는? 몇 부나 떼실 건가요?"

"수수료요? 받겠습니다. 하지만 돈 대신 다른 것을 주시겠습니까?"

"말씀해보십시오."

"당신은 검찰관이시지요? 몇 년이나 되셨지요?"

"14년 됐습니다."

"죄수들 기록이 다 있겠네요. 혹시 이프 성의 죄수들 기록을 제가 볼 수 있을까요?"

20만 프랑을 손해 보려다 구제의 길이 열린 보빌 씨는 망설일 이유가 없었다. 검찰관은 신사를 서재로 안내했다. 그는 영국 사람을 자기 책상 앞에 앉으라고 한 다음 이프 성에 관한 서류들을 책상 위에 올려놓은 후 한쪽 구석에 앉아 신문을 펼쳐들었다.

영국 신사는 에드몽 당테스의 기록을 찾았다. 모든 것이 다 구비되어 있었다. 「고소장」 「심문서」, 모렐 씨의 「청원서」, 빌포르 씨가 첨부한 「의견서」 등이 다 제자리에 가지런히 정리되어 있었다. 그는 슬며시 「고소장」을 집어 주머니 속에 넣었다.

그는 서류를 들추다가 자기 이름 옆에 괄호로 다음과 같이 기록되어 있는 것을 발견했다.

에드몽 당테스(과격한 보나파르트 당원. 나폴레옹이 엘바섬을 탈출할 때 적극 협조했음. 엄중한 감시하에 극비리에 감시할 것. 전혀 고려의 여지가 없는 죄수임.)

괄호 안의 글은 모렐 씨의 「청원서」 밑에 씌어 있는 증명의 글과 필적이 같았다. 즉 빌포르가 쓴 것이었다. 니중에 다른 검찰관이 당테스의 서류를 검토하게 되더라도 재심의 여지가 없게 만들어버린 것이 확실했다.

영국 사람은 펼쳤던 기록을 닫으면서 말했다.

"필요한 사실은 다 알게 되었습니다. 자, 간단하게 「채권 양도증」을 하나 써주십시오. 돈을 받았다는 사실만 적어주시면 바로 돈을 드리겠습니다."

보빌 씨는 의자에 앉아 「양도증」을 쓰기 시작했다. 그사이 영국 신사는 그 앞에서 지폐를 세고 있었다.

옛날에 그토록 활기가 넘쳤던 모렐 상사에는 침울한 분위기가 감돌고 있었다. 복도도 한산했으며 그전에는 사무원들로 북적이던 사무실에는 단 두 명만이 남아 있을 뿐이었다. 그중 한 명은 모렐 씨의 딸 쥘리를 사랑하는 엠마뉘엘 레이몽이라는 청년이었고 또 다른 한 명은 회계를 맡아보는 애꾸눈 코클레스라는 노인이었다. 그는 정직했고 의리가 있었으며 헌신적인 사람이었다. 모렐 상사에 위기가 닥쳐와도 그는 미동도 하지 않고 태연하게 제자리를 지키고 있었다.

모렐 씨는 매달 말 돌아오는 결제를 근근이 메우고 있었다. 그는 아내와 딸의 귀금속, 집안의 은그릇을 모두 시장에 내다 팔아 모렐 상사의 명예를 겨우 유지하고 있었다. 하지만 이달 말에 돌아올 20만 프랑의 채권을 지불하지 못하면 모렐 상사는 그대로 파산이었다. 마지막 희망은 인도에서 돌아올 파라옹호였다. 그러나 파라옹호에도 무슨 일이 일어난 게 틀림없었다. 2월 15일에 캘커타를 떠났다는 소식을 무사히 돌아온 다른 상사 배를 통해 들었으니 적어도 한 달 전에 이곳에 도착해야 했는데 아직 아무 소식이 없는 것이었다.

그러던 어느 날이었다. 보빌 씨와 만났던 로마의 톰슨 앤드 프렌치 상사 대리인이 모렐 씨를 찾아왔다. 바로 보빌 씨와 중요한 거래를 마친 다음 날이었다. 코클레스가 그 손님을 모렐 씨에게 안내했다. 모렐 씨 사무실로 가는 도중 두 사람은 열일곱이나 여덟 살쯤 되어 보이는 아름다운 소녀를 만났다. 모렐 씨의 딸 쥘리였다. 영국 신사는 그녀를 눈여겨본 뒤 코클레스의 뒤를 따랐다.

사무실 앞에 이르자 코클레스가 안으로 들어가 손님이 왔다고 전했다. 잠시 후 그가 다시 밖으로 나오더니 기다리고 있던 영국인을 안으로 안내했다. 모렐 씨는 창백한 얼굴로 책상 앞에 앉아 있었다. 책상 위에는 장부가 산더미처럼 쌓여 있었다. 영국신사가 들어오자 모렐 씨는 들여다보고 있던 장부를 덮고 손님에게 앉으라고 권했다. 영국인이 소파에 앉자 모렐 씨도 마주 앉았다.

"무슨 용건이신지요?" 모렐 씨가 물었다.

"저희 회사가 귀 상사에서 발행한 채권을 가지고 있습니다. 보빌 씨 앞으로 된 것을 저희가 양도받았습니다. 기한 내에 귀 상사에서 현금을 받을 수 있는지 확인하러 온 겁니다. 저희도 급히 현금이 필요해서요."

"그게 다인가요?"

"아닙니다. 다음 달 말에 지불하기로 되어 있는 다른 어음들도 전부 저희가 인수했습니다. 모렐 사가 다른 회사에 발행한 것들이지요. 모두 합하면 28만 7,500프랑입니다."

"28만 7,500프랑이라." 모렐 씨는 기계적으로 되뇌었다.

그러자 영국인이 물었다.

"자, 솔직히 묻겠습니다. 기일 내에 어음을 지불하실 수 있겠습니까?"

"저도 솔직히 대답하지요. 제가 기다리고 있는 배가 들어온다면 다 지불할 수가 있겠지요. 하지만 만약에 그 파라옹호가 들어오지 않는다면……. 그 배가……."

"그러면 어떻게 되지요?"

"파산이지요. 완전히 끝입니다."

"제가 여기 올 때 배가 한 척 입항하던데요."

"예, 저도 엠마뉘엘에게 보고를 받았습니다. 그 배는 우리 배가 아니라 지롱드호라는 보르도 배입니다. 그 배도 인도에서 왔으니 혹 파라옹호 소식을 가져왔는지도……."

그때였다. 복도에서 떠들썩한 소리가 들리더니 사람들이

조용히 계단을 올라오는 발소리가 들렸다. 모렐 씨는 문을 열러 가려고 일어났다가 힘이 쭉 빠져 의자에 다시 주저앉고 말았다. 손님은 그를 깊은 동정의 눈길로 바라보고 있었다.

문이 열리더니 쥘리가 새파래진 얼굴로 양 볼에 눈물을 흘리며 들어섰다.

"아버지!"

"그래, 파라옹호 소식이냐? 침몰했대?"

소녀는 대답을 못 하고 고개만 끄덕였다.

"승무원은?"

"무사하대요. 조금 전에 항구로 들어온 배가 그들을 구조해 주었대요."

"오, 하느님, 감사합니다. 저 혼자만 손해를 보게 해주셨으니……. 모두 문 앞에 있는 걸 알고 있으니 어서들 들어와."

그 말에 흐느끼는 모렐 부인을 앞세우고, 엠마뉘엘이 뒤따랐다. 그리고 구석 곁방에 반 벌거숭이 차림의 선원 예닐곱 명의 얼굴이 보였다. 그들을 보자 영국 신사는 그들에게 반갑게 달려갈 듯한 몸짓을 하다가 멈칫 서버렸다.

모렐 씨가 그들에게 어떻게 된 일이냐고 묻자 햇볕에 그을

보은

153

린 늙은 선원이 앞으로 나섰다.

"오. 페늘롱, 이야기해보게."

"선장은 도중에 병이 나서 파르마에 남았습니다. 길게 말씀 안 드리겠습니다. 블랑곶과 보아리아도르곶 사이를 지나자마자 폭풍우를 만났습니다. 온갖 노력을 다해보았지만 배가 낡아 가라앉기 시작했지요. 선장이 할 수 없다며 보트를 타라고 명령했습니다. 배에서 내리지 않고 버티려던 선장을 저희가 허리를 안아 강제로 보트에 태웠습니다. 아슬아슬했습니다. 저희가 보트에 타자마자 마흔여덟 개의 측면 포가 일제히 터졌으니까요. 잠시 후 파라옹호는 완전히 가라앉았습니다."

그의 이야기가 끝나자 모렐 씨는 선원들에게 급료를 지불하려고 했다. 1인당 200프랑씩이었다. 그러자 페늘롱이 앞으로 나서며 한사코 급료를 받지 않겠다고 했다. 그러고는 눈물을 글썽이며 모두 밖으로 나갔다. 그러자 모렐 씨는 코클레스에게 자기 말대로 급료를 지불해주라고 명령했다. 이윽고 모렐 씨는 손님과 이야기가 안 끝났다며 아내와 딸도 밖으로 내보냈다. 딸은 밖으로 나가며 영국신사에게 애원하는 듯한 눈길을 보냈다. 그러자 영국인이 미소로 답했다.

그들이 나가자 영국 신사가 말했다.

"제가 사정을 다 알았습니다. 자, 어음의 지불 일자를 연기해드리겠습니다. 지금이 6월 5일이니까 9월 5일까지 시간을 드리겠습니다."

그런 후 그는 모든 어음 날짜를 9월 5일로 바꾸었다.

"자, 9월 5일 오전 11시에 제가 다시 찾아뵙겠습니다."

말을 마친 영국 신사는 모렐 씨와 작별 인사를 한 후 밖으로 나갔다.

그가 계단을 내려가자 쥘리가 그를 기다리고 있었다. 그녀가 그에게 뭐라고 말하기 전에 그가 소녀에게 먼저 말했다.

"아가씨, 이제부터 아무것도 묻지 말고 내 말대로 해줘요. 얼마 후 선원 신드바드라고 서명된 편지를 하나 받게 될 겁니다. 그러면 거기 적힌 대로 해줘요. 자, 약속할 수 있지요?"

그녀는 영문도 모르는 채 그러겠다고 약속했다. 그러자 그는 작별 인사를 하고 밖으로 나갔다. 안뜰로 가니 손에 지폐 뭉치를 든 페늘롱이 어색한 몸짓을 하고 서 있었다. 그는 차마 그 돈을 받아갈 수 없다는 표정을 짓고 있었다.

그를 영국 신사가 불렀다.

"여보, 이리 오시오. 내가 할 얘기가 있소."

석 달간의 유예라! 모렐 씨에게는 다시 희망이 생겼다. 그는 모렐 상사의 명성으로 그 돈을 마련할 수 있으리라는 희망을 품었다. 그러나 은행에서는 어음 발행을 거절했다. 하지만 그에게는 최후의 수단이자 마지막 희망이 있었다. 바로 당글라르였다. 당글라르는 이전에 모렐 씨 은혜를 입은 사람이었다. 지금 백만장자인 그가 보증만 서주면 모렐 씨는 다시 일어설 수 있었다.

하지만 남들을 모두 자기같이 보는 게 사람들의 약점이고 병폐라고 했던가! 너무나 인자한 모렐 씨는 당글라르 같은 악인의 속을 짐작조차 할 수 없었고, 그렇기에 끝까지 그를 믿었다. 그는 8월 20일 파리로 떠났다. 그러나 당글라르는 보기 좋게 보증 서기를 거절했다. 모렐 씨는 9월 초하룻날 마르세유로 돌아왔다. 이제는 정말 도리가 없었다. 코클레스가 모든 장부와 서류를 조사하고 돈주머니를 헤아려보니 가지고 있는 돈은 고작 1만 4,000프랑이 전부였다. 그런데 무려 20배에 달하는 돈을 9월 5일까지 지불해야 한다니!

밤이었다. 모렐 씨가 사무실 자기 방에서 내려오지 않자 모녀가 살금살금 올라가서 열쇠 구멍에 눈을 대고 안을 들여다보았다. 모렐 씨가 종이에 무언가 쓰고 있었다. 모녀는 가슴이 철렁 내려앉았다.

'「유서」를 쓰고 계시는구나.'

무서운 생각에 다리가 후들후들 떨렸지만 꾹 참고 아무 소리도 하지 않았다.

이튿날 모렐 씨는 아무 내색 없이 아주 침착한 모습이었다. 그렇게 또 이틀이 지나 9월 4일 밤이 되었다. 모렐 부인은 불안한 마음에 밤새도록 남편 침실 방 벽에 귀를 대고 있었다. 남편은 새벽 3시가 될 때까지 불안하게 방 안을 서성이더니 그제야 잠자리에 눕는 것 같았다. 모녀는 함께 밤을 지새웠다.

'아아, 이럴 때 군대 가 있는 막시밀리앙 오빠가 곁에 있었다면!'이라고 쥘리는 생각했다. 두 모녀는 이미 막시밀리앙에게 어서 집으로 오라고 편지를 보냈었다.

9월 5일 아침 8시가 되었다. 밤새 아무 일도 일어나지 않았다. 모렐 씨가 모녀의 방으로 들어왔다. 그는 어느 때보다도 아내에게 다정했고 딸에게 인자했다. 모렐 씨는 모녀를 놔둔 채 사무실로 올라갔다.

쥘리는 아무 소리도 못 하고 방에 그냥 서 있었다. 잠시 후 문이 다시 열리더니 누군가 쥘리의 몸을 얼싸안고 이마에 입술을 갖다 댔다. 막시밀리앙이었다.

"오빠!" 쥘리가 소리치자 모렐 부인이 달려와서 아들의 품에 안겼다.

막시밀리앙은 어머니와 동생의 얼굴을 번갈아 보며 무슨 일이냐고 물었다. 편지를 받고 깜짝 놀라서 달려온 것이었다. 모렐 부인이 대답 대신 쥘리에게 말했다.

"쥘리, 가서 아버지께 막시밀리앙이 왔다고 말씀드려."

소녀는 밖으로 뛰어나왔다. 그런데 계단에 발을 올려놓았을 때 손에 편지를 들고 있는 한 남자를 만났다. "저, 쥘리 모렐 양이신가요?"

"네, 그런데요."

"이 편지를 보세요. 아버님 운명과 관련된 내용입니다."

소녀는 편지를 받아 허겁지겁 읽어보았다.

지금 곧 알레 드 메랑 15번지 집으로 가십시오. 그 집에 가서 문지기에게 6층 방 열쇠를 달라고 하십시오. 방으로 들어가면 벽난로 구석에 붉은 비단 레이스가 달린 지갑이 있을 겁니다. 그것을 아버님께 갖다드리면 됩니다. 반드시 11시 전에 아버님이 받으셔야 합니다. 당신은 무조건 내 말대로 하겠다고 약속했습니다. 그 약속을 반드시 지켜야 합니다.

선원 신드바드

소녀가 눈을 들어보니 편지를 준 사람은 이미 사라지고 없었다. 소녀는 망설이다가 엠마뉘엘과 상의했다. 둘은 함께 편지에 쓰인 곳으로 갔다.

한편 그사이 모렐 부인은 막시밀리앙에게 사정을 다 설명했다. 청년은 사업이 어려운 것은 알고 있었지만 이 정도인 줄은 짐작도 못했다. 그는 황급히 밖으로 나가 층계를 뛰어 올라갔다. 그런데 아버지 침실 문이 열리는 소리가 들렸다. 모렐 씨는 아들을 보고 깜짝 놀랐다. 아들은 아버지의 목에 매달렸다. 그런데 그가 갑자기 외마디 소리를 지르며 뒤로 물러섰다.

"아버지, 코트 안에 웬 권총이! 그것도 두 자루씩이나!"

보은

159

"그래, 넌 사내다. 내가 다 말해줄 테니 따라와라."

둘은 함께 사무실로 올라갔다.

모렐 씨가 말했다.

"어머니께 들어서 사정 다 알겠지? 나는 이제 내 피로 이 수치를 씻으려 한다."

그러자 막시밀리앙이 권총으로 손을 뻗으며 말했다.

"아버지, 아버지 말씀 잘 알겠습니다. 한 자루는 아버지, 한 자루는 제 겁니다."

"아니다. 네가 죽으면 네 어머니와 동생은 어쩌려고 그러느냐? 누가 돌보겠느냐? 너는 판단력이 있으니 잘 알 거다. 내가 살면 신용은 의심으로 변하고 동정도 사라진다. 내가 살아남으면 나는 약속을 어긴 파산자가 될 뿐이다. 하지만 내가 죽으면 나는 정직한 사람으로 남을 거다. 그러면 마르세유 사람들이 모두 눈물을 흘리며 나를 애도해줄 거다. 너는 정직한 사람의 아들로 살아갈 수 있다."

청년의 입에서 괴로운 신음 소리가 새어나왔다.

"자, 이제 나를 혼자 내버려다오.「유언장」은 침실 책상 속에 있으니 나중에 보도록 해라."

청년은 아버지를 꽉 끌어안은 후 두 손으로 얼굴을 감싸고 밖으로 뛰쳐나갔다.

아들이 나가자 모렐 씨는 벽시계를 보았다. 아직 7분이 남아 있었다. 그는 다시 펜을 들어 무언가 적었다. 사랑하는 딸에게 못다 한 말이 있는 것처럼 생각되었기 때문이다.

다시 시계를 보니 1분도 채 남지 않았다. 그는 권총을 들었다. 그리고 안전장치를 풀었다. 그때였다. 계단에서 삐걱거리는 소리가 들렸다. 이윽고 사무실 문이 열렸다. 벽시계가 막 11시를 치려하고 있었다. 모렐 씨는 뒤돌아보지 않았다. 그는 코클레스의 입에서 '톰슨 앤드 프렌치 상사 대리인이 왔습니다'라는 말이 떨어지려니 기다리고 있었다.

그는 천천히 권총을 입으로 가져갔다.

그때였다. 갑자기 다급한 비명이 들렸다. 딸의 목소리였다. 모렐 씨가 뒤를 돌아다보니 쥘리가 그곳에 숨을 헐떡이며 서 있었다.

"아버지!" 소녀는 숨가빠하며 기쁜 목소리로 말했다. "아버지, 이제 살았어요! 아버지, 우린 살았어요!"

쥘리는 지갑을 높이 들고 아버지 품으로 뛰어들었다. 모렐 씨는 권총을 떨어뜨렸다.

"아버지, 이걸 보세요."

모렐 씨는 지갑을 받아 들고 깜짝 놀랐다. 루이 당테스에게 주었던 자기 지갑인 것을 알아본 것이다. 그 속을 열어보니 28만 7,500프랑의 어음이 들어 있었다. 그리고 지불 완료 표시가 되어 있었다. 그뿐 아니었다. 지갑 한쪽 구석에 아주 커다란 다이아몬드가 들어 있었고 그 옆에 작은 양피지 조각이 있었다. 양피지 조각을 들어보니, '쥘리의 지참금'이라는 글이 적혀 있었다.

모렐 씨는 이게 꿈인가 생시인가 싶어 손으로 이마를 짚었다. 그가 쥘리에게 말했다.

"얘야, 도대체 이 지갑이 어디서 난 거니?"

"알레 드 메랑 15번지 집 6층 방에 있었어요."

"그럼 네 것이 아니로구나?"

쥘리는 아침에 받은 편지를 내밀었다.

그때 "모렐 씨, 모렐 씨!"라고 부르는 소리가 들렸다. 엠마뉘엘의 목소리였다. 그가 감동에 찬 얼굴로 들어섰다.

"저기, 저기……. 파라옹호가!"

"아니 무슨 소리야? 자네 미치지 않았나? 파라옹호는 침몰하지 않았나?"

"정말 파라옹호예요. 파라옹호가 항구로 들어오고 있답니다."

"정말 그렇다면 하느님이 기적을 주신 거로구나."

게다가 그의 손에 지갑이 들려 있지 않은가! 지급이 끝난 어음과 다이아몬드가 들려 있지 않은가! 모든 것이 꿈같았지만 분명 꿈이 아니었다.

모두들 황급히 계단을 내려가 순식간에 항구로 달려갔다.

항구에는 많은 사람들이 웅성웅성하며 서 있었다. 그들은 모렐 씨에게 자리를 비켜주었다. 사람들은 '파라옹호다, 파라옹호다'라고 떠들고 있었다.

과연 파라옹호였다. 똑같은 모양에 똑같은 색이었다. 뱃머리에는 '파라옹호, 마르세유 모렐 부자 상사'라고 또렷이 씌어 있었다. 갑판 위에서 고마르 선장이 배를 지휘하고 있었다. 병 때문에 파르마에 남았던 그가 얼마 전에 마르세유로 돌아온 것이다. 또한 갑판 위에서 페늘롱 갑판장이 모렐 씨에게 손을 흔들고 있었다.

더 이상 의심의 여지가 없었다. 모렐 부자가 감격에 겨워

서로 껴안았고 사람들이 갈채했다. 그 모든 광경을 숨어서 보고 있던 사나이가 한 명 있었다. 얼굴이 수염으로 반쯤 뒤덮인 그 사내는 건물 뒤에 숨어 그 광경을 바라보며 감동에 젖어 말했다.

"숭고한 마음씨를 지니신 모렐 씨와 그 가족들이여, 행복하기를! 당신이 전에 무수히 행한 선행과 앞으로도 행할 선행에 하느님의 축복이 함께하기를! 당신이 숨어서 모든 선행을 행했듯이 내 감사의 뜻도 밖으로 드러내지 않겠습니다."

그는 슬그머니 그곳을 빠져 나와 선창의 작은 계단을 내려가더니 큰 소리로 세 번 외쳤다.

"자코포! 자코포! 자코포!"

그러자 곧 보트가 나타나 그를 화려한 요트로 데려갔다. 그는 요트에 올라 모렐 씨를 바라보며 중얼거렸다.

"자, 이제 선의, 인정, 은혜는 작별이다. 나는 하느님을 대신해 착한 가정에 은혜를 베풀었다. 자, 그럼 이제부터 복수의 신이여, 악한들을 벌하기 위해 그 자리를 내게 넘겨주시길."

말을 마친 그가 신호를 하자 요트는 바다 한복판을 향해 물살을 가르며 나아가기 시작했다.

몽테크리스토섬에서

　　1838년 초였다. 우리의 에드몽 당테스가 이프섬을 탈출한 지도 9년이 흐른 것이다. 그해 파리 상류 사회의 두 청년이 이탈리아의 피렌체에 머물고 있었다. 그 중 한 명은 알베르 드 모르세르 자작이었고 다른 한 명은 프란츠 데피네 남작이었다. 두 사람은 그해 로마의 사육제를 함께 즐기기로 약속이 되어 있었다. 프란츠는 벌써 4년 가까이 이탈리아 피렌체에 살고 있었기에 피렌체에서 두 사람이 만난 것이었다.

　독자들은 의아하게 생각할지 모른다. 9년 동안 우리의 에드몽 당테스가 어떻게 지냈고 어떻게 복수를 준비했는지 궁금한 마당에 느닷없이 파리의 젊은 귀족 이야기를 시작하다니! 그러나 걱정 말기 바란다. 그 두 명의 행적을 따라가다보면 저절로 그 궁금증이 풀릴 것이기 때문이다.

독자들을 위해 한 가지만 더 친절을 베풀기로 하자. 알베르 드 모르세르 자작은 페르낭 드 모르세르 백작의 아들이었다. 즉 페르낭과 메르세데스 사이에서 태어난 아들이었던 것이다. 한 가지 더 친절하게 덧붙인다면 에드몽 당테스는 알베르가 페르낭의 아들이며, 그가 로마로 간다는 사실을 이미 알고 있었다. 그 정도 정보는 얻을 만한 정보망을 당테스는 확보하고 있었다. 자, 이제 그 두 젊은 귀족을 뒤따라가보기로 하자.

사육제 기간 중에 로마에 숙소를 잡는 일은 쉬운 일이 아니었다. 둘은 로마의 스페인 광장에 있는 런던 호텔 주인 파스트리니에게 미리 편지를 띄웠다. 좋은 방을 하나 미리 예약하려던 것이다. 하지만 특실은 이미 예약이 끝났고 이등실 방 두 개와 서재 하나만 예약이 가능하다는 답변이 왔다. 두 청년은 받아들일 수밖에 없었다. 사육제까지는 아직 시간이 남아 있었으므로 알베르는 나폴리로 여행을 떠났고 프란츠는 그대로 피렌체에 머물고 있었다.

어느 날 프란츠는 나폴레옹이 유배되어 있던 엘바섬에 가보고 싶어졌다. 그는 엘바섬에서 황제의 발자취를 둘러 본 뒤 마르치니아에서 피아노사를 향한 배를 탔다. 피아노사에서 자고새 사냥을 하기 위해서였다. 그러나 사냥은 신통치 않았다. 그가 아쉬워하자 선장이 그에게 말했다.

"정말 사냥을 하시고 싶으시면 제가 권하고 싶은 섬이 있는 뎁쇼."

"그게 어딘데?"

"저기 저 섬입니다. 몽테크리스토섬이지요. 무인도랍니다. 저 섬엔 산양이 아주 많답니다."

프란츠는 귀가 솔깃해서 그 섬으로 가자고 했다. 선장은 배를 몽테크리스토섬으로 몰았다. 해가 지기 시작하고 있었다. 배가 섬에 가까이 갔을 때는 어두운 밤이 찾아왔다. 그런데 섬에 가까워지자 섬 해안가에 불빛이 보이는 것 아닌가?

프란츠가 선장에게 물었다.

"무인도라더니 웬 불빛이지?"

"글쎄요. 해적들이 저 섬에서 쉬고 있는지도 모르겠습니다. 제가 가보고 오겠습니다."

선장은 네 명의 선원들에게 배를 바다에 그대로 세우게 한 후 옷을 벗고 바다로 뛰어들어 섬을 향해 헤엄치기 시작했다. 30분쯤 되었을까, 선장이 다시 돌아왔다.

프란츠가 어떻게 되었냐고 묻자 그가 답했다.

"스페인 밀수업자들입니다. 산적도 둘 끼어 있더군요. 밀수업자와 산적은 헌병이나 경찰에게 쫓길 때, 서로 돕고 사는 처지지요. 저도 잘 아는 친구들입니다."

"자네도 밀수를 한다는 소리로군."

"하는 수 있습니까, 나리. 먹고살자니 별의별 짓을 다 해야지요."

"우리도 여섯 명이니 6대 6이네. 저쪽에서 험하게 나오더라도 한판 붙지 뭐. 그럼, 우리 상륙해보기로 하지."

프란츠는 진지한 청년이었다. 하지만 모험도 좋아했다. 그는 무언가 재미있는 일이 기다리고 있을지도 모른다고 생각하며 선장에게 배를 섬에 대라고 말했다. 배가 섬에 가까워지자 선장과 선원들이 뱃노래를 불렀다. 그 소리에 불가에 둘러앉아 있던 사람들이 얼른 자리에서 일어나 배가 있는 쪽으로 왔다. 그러더니 별일도 아니라는 듯, 한 사람만 남겨놓고 다시 불가로 돌아갔다. 그들은 산양 한 마리를 통째로 굽고 있는 중이었다.

배가 가까이 가자 혼자 남아 있던 사나이가 사르데냐 사투리로 "누구냐"라고 소리쳤다. 그러자 선장이 뭐라고 대답했다. 프란츠는 알아들을 수 없는 말이었다. 그러자 그 사나이가 불 앞에 앉아 있는 사내들 중 한 명에게 뭐라고 말을 했다. 그러자 그 사나이가 홀연 어디론가 사라졌다.

잠시 후 그 사나이가 반대쪽 바위 위에서 모습을 나타내더니 머리를 끄덕여 신호를 보냈다. 그러자 보초가 프란츠 일행을 향해 "사코모디"라고 소리쳤다. '사코모디'라는 이탈리아어는 옮기기가 힘들다. 그 말은 '환영합니다' '어서 오십시오' '편히 쉬십시오' '좋으실 대로 하십시오' 등의 많은 뜻을 포함하고 있었다. 어쨌든 적대감을 드러내는 말은 아니었다.

그들은 섬에 상륙해서 미리 섬에 있던 자들과는 다른 곳에 자리를 잡았다. 선장은 배에 빵과 포도주와 자고새 몇 마리가 있으니 그걸로 식사 준비를 하겠다고 말했다. 그리고 자고새 몇 마리와 산양 고기를 바꾸어 먹을 수 있는지 교섭을 하겠다며 미리 와 있던 무리들에게 갔다.

잠시 후 선장이 조금 난감한 표정을 짓고 돌아왔다.

"왜, 거절당했나?" 프란츠가 물었다.

"아닙니다. 나리께서 프랑스 분인 걸 알더니 두목이 나리를 만찬에 초대하겠다고 하더군요."

"그럼 잘된 것 아닌가? 거절할 이유가 없지."

"그런데, 좀 묘한 조건이……. 나리의 눈을 가려야 한답니다. 그 두목이라는 사람이 풀라고 할 때까지 절대로 풀면 안 된다나요."

"그래? 자네 생각은 어떤가?"

"저라면 물론 가보지요. 소문에 의하면 저 두목이라는 사람은 지하실에 살고 있다고 합니다. 웬만한 궁전 따위는 저리 가라 할 정도로 으리으리하다고들 하지요. 옛날이야기에서나 나올만한 보물들이 그득하답니다. 저 같으면 이 기회에 구경 한번 해보겠습니다."

프란츠도 호기심이 일었다. 그는 선장에게 초대에 응한다는 답을 전하라 했다. 선장이 가자 프란츠가 선원 한 명에게 물었다.

"이보게, 아무리 봐도 주위에 배 같은 것은 보이지 않는데 저 사람들은 도대체 뭘 타고 여기 온 건가?"

"제가 잘 알고 있습죠. 한 100톤쯤 되는 유람선을 타고 다닌답니다. 영국 사람들은 그걸 요트라고 하지요. 모르긴 합니다만 제노바에서 만들었다고 하더군요."

"그 사람 이름이 뭔가?"

"이름을 물으면 그저 선원 신드바드라고 대답한답니다."

"선원 신드바드? 정말 알 수 없는 인물이로군."

잠시 후 선장이 요트의 승무원 두 명과 함께 나타났다. 프란츠는 손수건을 꺼내어 그들 중 한 명에게 주었다. 그 사나이는 매우 조심스럽게 프란츠의 눈을 가리며 무슨 일이 있어도 풀지 않겠다는 맹세를 하라고 말했다. 프란츠가 맹세하겠다고 하자 두 사나이가 양쪽에서 팔을 잡았다. 그들은 함께 길을 걸어갔다.

얼마 지나자 프란츠는 지하로 들어가고 있다는 것을 느꼈다. 조금 더 걸어가자 공기가 포근해지더니 아주 좋은 냄새가 났다. 바닥에는 푹신푹신한 양탄자가 깔려 있는 것 같았다. 안내자들이 팔을 풀어주자 프랑스어 말소리가 들렸다.

"어서 오십시오. 이제 손수건을 푸시도록 하시지요."

그가 손수건을 풀자 마흔 살 정도 된 사나이가 눈앞에 서 있었다. 사내는 튀니지풍의 옷을 입고 있었다. 둥근 모자를 쓰고 있었으며 금자수가 놓인 검은 비단 윗도리와 헐렁한 붉은색 바지를 입고 있었다. 노란 가죽 구두를 신고 있었으며 허리춤에는 작은 단검을 차고 있는 것이 『아라비안나이트』의 신드바드 복장 그대로였다.

창백한 얼굴빛을 하고 있었지만 눈부시게 잘생긴 얼굴이었다. 불타오르는 것 같은 눈빛이 사람을 꿰뚫는 것 같았고 곧은 코는 그리스 조각 같았으며 검은 수염 한가운데 진주처럼 하얀 이가 빛나고 있었다.

프란츠는 주변을 둘러보았다. 그는 화려한 실내를 보고 깜짝 놀랐다. 방 전체에 금빛 꽃이 수놓아진 붉은색 카펫이 깔려 있었고 저 안쪽으로는 보석을 박은 칼이 도금한 칼집과 함께 걸려 있었다. 그 안에 놓여 있는 의자도 화려하기 그지없었으며 천장에는 아름다운 유리 램프가 걸려 있었다.

주인은 프란츠가 주위를 둘러보도록 내버려둔 후에 입을 열었다.

"저희 집에 모시면서 그렇게 경계를 해서 죄송합니다. 이

섬에는 사람이 살지 않기에 제 집의 안전을 위해 비밀로 할 수밖에 없었습니다. 자, 정성껏 음식과 잠자리를 마련해드릴 테니 불쾌하셨더라도 잊어버리시기 바랍니다."

그러자 프란츠가 대답했다.

"별말씀을요. 화려한 비밀 궁전에 들어가려면 눈을 가려야 하는 법 아닌가요? 범상하지 않은 경험을 하려면 그에 걸맞은 절차가 있어야지요."

주인이 "알리"라고 이름을 부르고 신호를 하자 앞에 쳐져 있던 커튼이 올라가더니 온통 새까만 흑인이 나타나서 식사 준비가 되었다고 말했다. 그러자 주인이 프란츠에게 말했다.

"이렇게 불쑥 손님을 모셨으니 예의상 성함이나 신분은 묻지 않겠습니다. 하지만 제가 할 말이 있을 때 어떻게 불러야 할지 적당한 이름 하나만 일러주십시오. 사람들은 저를 보통 신드바드라고 부릅니다."

"그럼 저는 알라딘이라고 불러주시면 되겠네요. 물론 제게 요술 램프는 없습니다만."

"그럼 알라딘 씨, 저녁 식사가 준비되었으니 함께 가시지요."

주인은 커튼을 걷고 앞장 서 걸었다. 프란츠는 구름 위를 걷는 것 같은 기분으로 그 뒤를 따랐다. 잠시 후 정말 으리으리하게 차려진 식탁이 눈앞에 나타났다. 코르시카의 꿩 구이와 산돼지 햄, 산양 버터구이, 신선하고 큰 가자미, 커다란 왕새우 등이 먹음직스럽게 차려져 있었다. 접시들은 모두 은이었고 작은 접시들은 일본 도자기였다. 프란츠는 꿈을 꾸는 것 같았다.

식탁 시중은 흑인 알리 혼자 들고 있었다. 주인은 천천히 음식에 손을 대며 말했다. 하지만 겨우 입을 댈 정도이고 많이 먹지는 않았다.

"이 친구는 저를 위해 성의껏 온갖 봉사를 다하고 있습니다. 제가 자기 목숨을 건져준 것을 잊지 않고 저를 위해 봉사하고 있지요."

그러자 알리가 주인 곁으로 오더니 그 손을 잡고 손등에 입을 맞추었다. 알리가 튀니지의 왕 후궁 옆을 기웃거리다가 붙잡혀, 혀와 손과 머리를 잘리는 벌을 하루에 하나씩 차례로 받게 될 처지에 놓인 것을, 혀가 잘린 바로 첫째 날, 튀니지 왕에게 총과 칼을 주고 구해준 것이었다.

프란츠는 맛있게 식사를 하며 주인과 이야기를 나누었다.

"어떻게 이런 생활을 하고 계시지요? 세상을 등지고 사시는 것 같군요. 무슨 원한을 품고 계신가요? 이를테면 복수의 칼을 갈고 계신다든지."

그러자 주인은 알듯 모를 듯한 미소를 띠며 손님을 쏘아보았다.

"복수라니요? 나는 새처럼 자유를 즐기고 있을 뿐입니다. 내 주변 친구들은 내 명령에 절대 복종합니다. 내가 만든 법률로 그들을 다스리지요. 하지만 오해 마십시오. 나는 일종의 자선가입니다. 아마 언젠가는 파리의 유명한 자선가와 경쟁하기 위해 그곳에 가게 될지도 모릅니다."

"그럼, 파리에는 안 가보셨습니까?"

"예, 부끄럽습니다만 아직 못 가봤습니다. 하지만 언젠가는 갈 생각입니다."

"제가 파리에 있을 때 오시면 좋겠군요. 이런 후한 대접을 받은 데 대해 보답을 해드리고 싶어서요."

"고마운 말씀이십니다. 하지만 제가 파리에 다녀오더라도 아마 살짝 갔다 올 것 같습니다."

프란츠는 식사 후 알리가 가져온 이상한 음료를 마신 후 화려하게 단장된 방에서 잠을 잤다.

다음 날 프란츠가 눈을 떠보니 외투를 뒤집어쓴 채 아주 부드럽고 향기로운 침대 위에 누워 자고 있었다. 주위를 둘러보니 아무도 없었다. 어디선가 햇빛이 비치고 있어 그리로 가보니 바로 동굴 입구였다. 밖으로 나와보니 저 멀리 쪽빛 바다가 내려다보였다. 눈을 아래로 향하니 해안에서는 선원들이 둘러앉아 웃으며 이야기를 나누고 있었다.

프란츠는 한바탕 꿈을 꾼 것 같았다. 갑자기 어제 마신 음료가 생각났다. 그리고 황홀경에 빠졌던 것이 생각났다. 그 음료가 무엇이었을까? 그는 머리를 흔들었다. 모든 것이 꿈만 같았고 마치 1년 전에 벌어진 일 같았다.

그는 선원들이 있는 곳으로 걸어갔다. 그를 보자 선장이 그에게 다가와 말했다. "신드바드 씨께서 급한 볼일이 있어 스페인 말라가로 가게 되었다며 인사말씀을 전하라고 하셨습니다. 직접 인사를 드리지 못해 죄송하다고 말씀드리라고 하셨습니다."

그러자 프란츠에게 갑자기 호기심이 일었다. 어제 눈을 가리고 갔던 궁전 입구를 찾아보고 싶어진 것이다. 선장이 그의 생각을 읽고 말했다.

"마술의 궁전을 찾고 싶으신 거지요? 도와는 드리지요. 저도 서너 번 시도해보았지만 도저히 못 찾고 단념하고 말았지요. 자, 조반니, 횃불을 들고 안내해드려."

그는 조반니의 안내로 지하실로 들어갔다. 자기가 잠을 깬 장소였다. 그는 횃불을 들고 동굴 바깥을 샅샅이 뒤졌다. 그러나 허사였다. 그는 조금만 틈이 보여도 칼로 찔러보았다. 하지만 귀신이 곡할 노릇이었다. 입구를 도저히 찾을 수 없었던 것이다. 그는 두 시간이나 낭비한 끝에 포기하고 말았다.

그는 이 섬에 온 애당초 목적을 달성하기 위해 산양 서너 마리를 사냥한 후 피렌체로 돌아왔다. 그리고 알베르와 약속한 대로 로마를 향해 떠났다. 그가 호텔에 도착하니 호텔 주인 파스트리니가 그를 맞으러 왔고 잠시 후 미리 와 있던 알베르가 내려왔다. 그들은 식사를 한 후 멋진 로마의 사육제를 꿈꾸며 잠자리에 들었다.

로마의 사육제

    다음 날 일찍 잠에서 깬 프란츠가 초
인종으로 주인 파스트리니를 불러 마차를 좀 구해달라고 했
다. 주인은 마차 구하기가 하늘의 별따기라며 손사래를 쳤다.
프란츠가 값을 후하게 쳐줄 테니 어떻게든 구해달라고 하자
그가 말했다.

 "정말 제대로 된 마차는 없습니다요."

 "아무거나 구해주시오. 걸어다닐 수는 없는 노릇 아니요."

 주인이 나가고 한 시간 후쯤 두 청년이 부탁한 마차가 도착
했다. 너절한 합승마차로서 축제 때 한몫 보려고 천박하게 꾸
며놓은 마차였다. 두 청년은 영 마음이 내키지 않았지만 도리

가 없었다. 두 청년은 이 정도라도 구한 게 다행이라고 생각하며 마차에 올랐다.

그들은 그 마차를 타고 낮에는 성 베드로 성당을 구경한 후 오후 4시 반쯤 호텔로 돌아왔다. 저녁 식사 후 콜로세움을 방문할 예정이었다. 프란츠는 마부에게 포폴로 문으로 나가서 콜로세움을 본 후 외벽을 따라 산조반니 문으로 돌아오는 길을 택하자고 말한 후 호텔로 올라왔다.

그들이 식탁에 앉아 이런저런 이야기를 나누며 식사를 했다. 그런데 식사가 끝날 무렵 주인이 식당으로 직접 들어왔다.

"저녁에 콜로세움에 가시려고요? 그런데 마부에게 일러주신 길은 안 됩니다."

"안 되다니? 무슨 통행 금지령이라도 내렸소?"

"그게 아니라 아주 위험합니다."

"위험하긴, 왜?"

"저 유명한 산적 루이지 밤파가 출몰하기 때문입니다."

그러자 알베르가 말했다.

"무슨 옛날이야기를 하고 있나? 도시 한복판에 산적이라니. 무슨 허풍이야!"

"저를 허풍쟁이 취급하시는군요. 그렇다면 입을 다물겠습니다. 다만 각하들을 위해서 말씀드리려 했다는 점은 인정해 주셔야 합니다."

그러자 프란츠가 말했다.

"아니, 이 친구 말은 그런 뜻이 아니라 곧이듣기 어렵다는 뜻이오. 어디 이야기해보시오."

"루이지 밤파는 유명한 산적입니다. 포폴로 문으로 나가실 수는 있겠지요. 하지만 반대쪽 문으로 들어오시긴 힘들 겁니다. 장난으로 드리는 말씀이 아닙니다."

프란츠가 다시 물었다.

"자, 그럼, 그 루이지 밤파 이야기를 해보시오. 나이가 든 사람인가?"

"아닙니다. 이제 겨우 스물둘인걸요. 앞날이 창창한 젊은이 입지요."

"아니, 그 나이에 벌써 그렇게 유명해지다니, 대단하구먼. 어디 계속해보시오."

"그는 어느 백작 밑에서 일하던 목동이었지요. 어렸을 때부터 성품이 유별났다고 하더군요. 목동이면서 신부님을 졸라 글을 배우고, 글을 쓸 줄도 알게 되었지요. 그의 재능에 놀란 신부님이 그에게 노트와 펜도 선물했고 칼 한 자루도 선물했답니다. 펜글씨도 금방 익혔고요. 조각 솜씨도 뛰어나서 나무만 쥐어주면 무엇이든 뛰어나게 조각할 줄 알았지요. 예술가 기질이 있었던 것입니다.

그뿐 아니랍니다. 못쓰게 되어버린 총을 우연히 발견하자 그것을 고쳐 사격 솜씨도 익혔습니다. 그 총으로 양을 노리던 늑대를 쏘아 죽인 일은 루이지를 아주 유명하게 만들었지요.

그런데 루이지는 테레사라고 하는 이웃 여자애와 어릴 때부터 함께 지냈습니다. 나이가 들어 둘은 사랑하게 되었지요. 테레사는 아주 아름다웠습니다. 그녀의 아름다운 모습에 귀족 청년들이 그녀를 넘보게 되었지요. 루이지는 테레사를 데리고 산으로 들어갔습니다. 참, 산으로 가는 길에 한 나그네를 만났다고 하더군요. 나그네가 루이지에게 길을 묻기에 가르쳐주었다는 것입니다. 그 사람 이름이 신기해서 말씀드리는 겁니다. 나그네는 루이지에게 잔돈 몇 푼을 주었답니다. 그러자 루이지가 단지 길 찾는 걸 도와주었을 뿐이니 받을 수 없다고 했지요. 루이지의 자존심이 그 나그네 마음에 들었던 모양입니다. 그는 루이지에게 '이건 돈이 아니라 선물이라네'라고 말하며 베네치아 금화를 두 개 내밀었답니다. 그러자 루이지는 자기가 만든 단도를 그 나그네에게 답례로 주었답니다. 아주 당당했지요. 나그네가 그의 이름을 묻자 '루이지 밤파'라고 말해 주었지요. 이번에는 루이지가 의젓하게 그의 이름이 무엇이냐고 물었습니다. 그러자 그가 '난 선원 신드바드라네'라고 대답했답니다."

그 소리에 프란츠가 놀라서 소리쳤다.

"누구? 선원 신드바드?"

"자네 왜 그러나?" 알베르가 물었다.

"아냐, 그냥 옛날이야기가 생각나서."

그는 더는 아무 말도 않고 주인에게 이야기를 계속하라고 눈짓했다.

주인이 이야기를 계속했다.

"간단합니다. 그들은 계속 산으로 올라가다가 산에서 산적을 만난 거지요. 산적들은 둘을 산채로 끌고 갔답니다. 자세한 이야기는 모르겠지만 루이지 밤파는 얼마 안 있어 자기들을 사로잡은 산적들 두목이 되었답니다."

그러자 프란츠가 말했다.

"아니, 그 친구가 아무리 대단한 놈이라도 그렇지, 어떻게 로마라는 대도시 주변에서 산적 노릇을 한다는 건가? 경찰은 그를 잡지 않고 뭐하는 거지?"

"에이, 모르시는 말씀. 그는 그냥 산적이 아니에요. 목동들, 어부들, 밀수업자들이 죄다 그 친구 편이거든요. 산속으로 쫓아가다보면 유유히 강위에서 노를 젓고 있고 강을 따라 추적하다 보면 어느새 바다 한가운데 떠 있다니까요. 하도 신출귀몰해서 본거지가 어디인지도 모른답니다."

"그래, 어떤 식으로 산적질을 하지?"

"간단하지요. 사람을 인질로 잡고 몸값을 요구하는 거지요. 약속된 시간에 돈을 가져오지 않으면 한 시간 정도 여유를 주었다가 인질 머리에 한방 날리면 끝나는 거지요."

주인의 이야기가 끝나자 프란츠가 친구에게 물었다.

"어떤가? 그래도 외곽을 돌아서 갈 건가?"

알베르가 호기롭게 말했다. "물론이지. 그 길이 경치가 좋을 것 같아."

그때 시계가 9시를 쳤고 방문이 열리더니 마부가 나타났다.

마부가 프란츠에게 물었다.

"각하 마차가 대기하고 있습니다. 포폴로 문으로 갈까요? 아니면 큰길로 해서 갈까요?"

"큰길로 가야지. 제길, 큰길로 가!"

그러자 알베르가 자리에서 일어나며 말했다.

"이런, 난 자네가 용기 있는 친구인 줄 알았는데……."

콜로세움으로 가면서 프란츠는 생각에 잠겼다. 호텔 주인이 산적 이야기를 하면서 신드바드 이야기를 하다니. 게다가 그 입에서 몽테크리스토섬 이야기가 나오다니. 그러고 보니 그 섬에 갔을 때 산적 두 명이 일당 중에 끼어 있었던 것이 생각났다. 그들은 요트 승무원들과 스스럼없이 어울렸던 것이다. 신드바드는 엄청 부자이면서, 동시에 약한 자들을 돕는 역할을 하고 있으며 그 활동 범위가 엄청 넓다는 것을 프란츠는 확인할 수 있었다.

그들은 콜로세움에 도착했다. 그곳이 처음인 알베르는 안내인의 뒤를 따라 열심히 콜로세움을 구경했다. 프란츠는 이미 여러 번 와본 곳이기에 알베르를 안내자와 함께 가도록 내버려두고 자기 혼자 어느 기둥 옆에 가서 앉았다. 바로 그때였다. 한 남자가 아주 조심스럽게 계단을 올라오는 것이 보였다. 무언가 머뭇거리는 것 같아 프란츠는 호기심이 돋았다. 그는 기둥 뒤로 몸을 숨겼다. 얼굴은 알아볼 수 없었지만 옷차림은 확인할 수 있었다. 사나이는 커다란 갈색 망토를 두르고 있었으며 까만 바지를 입고 있었다.

몇 분이 지났다. 테라스 쪽에서 가벼운 소리가 나더니 한 사내가 나타났다. 그가 나타나자 미리 와 있던 사나이가 물었다.

"그래, 어떻게 되었나?"

"화요일에 두 명에 대한 사형 집행이 있을 거라고 합니다. 큰 축제가 열릴 때면 늘 하던 일이지요. 하나는 몽둥이로 박살을 내서 처형한답니다. 그놈은 자기를 키워주고 아껴준 신부를 살해한 아주 고약한 놈이니 죽어 마땅합니다. 그런데 우리 불쌍한 페피노는 단두형이랍니다. 페피노는 제 부하도 아닙니다. 그냥 젊은 목동인데, 저희들에게 먹을 걸 주었다고 붙잡힌 겁니다."

"그것도 충분히 공범이 될 만한 짓이지."

"암튼 그 사형 집행을 막고 싶습니다. 그 친구를 위해 아무

짓도 않고 있다면 저는 정말 비겁한 놈이 되는 겁니다."

"그래? 무슨 계획이 있는데?"

"저희 일당을 스무 명 정도 처형장 주변에 배치해놓을 겁니다. 그 목동이 끌려 나오는 즉시 호위병들을 공격해서 그 친구를 구해내는 거지요."

"위험해. 그보다는 내 계획이 나을 것 같은데."

"계획이라니요? 각하, 계획이 있습니까?"

"간단해. 내가 알고 있는 어떤 사람에게 1만 피아스트로를 주는 거지. 그래서 사형을 1년 연기시키는 거야. 그런 후 또 1만 피아스트로를 주어서 탈옥시키는 거지. 총칼보다 돈이 훨씬 힘이 센 법이야."

"잘 알겠습니다."

"성공하면 로스폴리 창 두 개에 노란 다마스 천을 늘어뜨리고 가운데 창에 빨간 십자가 표시가 있는 흰 헝겊을 늘어뜨리겠네. 일이 잘 안 되면 세 창문에 모두 노란 천을 늘어놓겠네. 그땐 마음대로 칼춤을 추게나."

"저는 이미 각하의 은혜를 입고 몸을 바치고 있는 놈이지만, 이번 페피노를 구해주신다면 앞으로는 무슨 일이든 절대

복종하겠습니다.”

“너무 그러지 말게. 쉿, 누가 오는 것 같으니 이제 그만 헤어지세.”

그들은 각자 온 길로 사라졌다.

알베르와 다시 만나 집으로 돌아오면서 프란츠는 생각에 잠겼다. 두 사나이 중 한 명은 분명 모르는 사람이었지만 한 명은 그렇지 않았다. 어둠 속에서 망토로 얼굴을 가리고 있었지만 그 목소리는 분명히 알 수 있었다. 그 목소리는 분명, 저 몽테크리스토섬에서 만났던 선원 신드바드의 목소리였다.

그날 밤 그는 이런저런 생각에 잠을 이루지 못했다. 그리고 다음 날은 그냥 호텔에 머물러 있었고 알베르 혼자 로마를 구경했다. 저녁에는 둘이 함께 「파리시나」라는 연극을 구경하고 돌아왔다.

그들이 방으로 들어오자 잠시 후 주인 파스트리니가 얼굴을 내밀었다.

“들어가도 좋습니까?”

“무슨 일이요?”

“각하, 몽테크리스토 백작이 같은 층에 묵고 계신 건 이미 알고 계시지요?"

알베르가 대답했다.

"이름은 몰라도 2층을 거의 몽땅 빌린 사람 때문에 우리가 이렇게 형편없는 방에 묵게 된 것 아닌가? 그 사람 이름이 몽테크리스토 백작인가?"

"그렇습니다. 그분이 각하들께 호의를 베풀어주셨습니다. 각하들이 마차 때문에 곤란을 겪고 있다는 말씀을 드렸더니 자기 마차에 두 자리를 내드리겠다고 했습니다. 게다가 로스폴리 저택 창가에 자리도 둘 마련해주시겠다고 하시더군요."

그러자 프란츠가 물었다.

"도대체 몽테크리스토 백작이 누군데?"

"시칠리아나 몰타섬 출신 귀족인 것 같습니다. 저도 확실히는 모르겠지만 어쨌든 아주 점잖고 대단한 부자입니다. 내일 아침 그분이 각하들을 찾아뵙고 정식으로 인사를 하러 오시겠답니다."

프란츠는 로스폴리 창가라는 말을 듣자 콜로세움에서 엿들은 대화가 생각났다. 호기심이 안 생길 리 없었다. 낯선 사나이는 바로 산적 두목 루이지 밤파요, 망토의 사나이는 선원 신드바드임이 틀림없다고 그는 확신했다.

"우리가 찾아뵙겠다고 말씀드려주게. 그게 예의일 것 같아."

다음 날 해가 밝았다. 사육제 첫째 날이었고 사형집행이 벌어지는 날이었다. 9시쯤 되어서 둘은 호텔 주인의 안내로 방을 나섰다. 호텔 주인이 복도 건너편 방의 벨을 누르자 하인이 나와 문을 열고 들어오라는 몸짓을 했다.

방으로 들어선 둘은 눈이 휘둥그레졌다.

'아니 이 호텔에 이런 화려한 방이 있다니!'

그런 화려한 방을 둘 지나니 역시 화려하고 우아한 객실이 나타났다.

하인이 말했다.

"여기 앉아 계십시오. 모시고 오겠습니다."

잠시 후 드디어 주인공이 나타났다. 알베르는 그의 앞으로 다가갔다. 그러나 프란츠는 그 자리에 못박힌 듯 서 있었다. 바로 그 사람, 콜로세움에서 어둠 속에 얼굴을 가리고 있던 그 사내, 몽테크리스토섬의 저 신비로운 주인이었던 것이다.

주인이 말했다.

"신사분들, 제가 찾아뵈어야 하는데 이렇게 오시게 해서 죄송합니다. 저 바보 같은 파스트리니 때문에 두 분이 곤란을 겪고 계신 걸 몰랐습니다. 제가 알았다면 진즉 도와드렸을 것을."

프란츠는 백작이 자기를 아는 체하지 않자 조금 당황했다. 그래서 그도 시치미를 떼고 대답했다.

"백작님, 저희들에게 마차도 마련해주시고 축제를 한눈에 내려다볼 수 있는 자리도 마련해주셔서 정말 감사합니다. 그런데 포폴로 광장에서 벌어지는 사형 집행도 구경하고 싶은데, 그 자리를 마련하려면 어떻게 해야 하는지 염치를 무릅쓰고 여쭤보겠습니다."

"아, 그것 말입니까? 어제 집사에게 그것도 알아보라고 지시했으니 도와드릴 수 있을 것 같습니다."

그는 초인종 끈을 잡아당겼다. 그러자 마흔 중반을 넘긴 것 같은 사내가 나타났다. 아무리 보아도 프란츠에게는 몽테크리스토섬에서 자기를 동굴 안으로 안내해주던 사람과 같은 인물인 것 같았다. 하지만 그 사내는 프란츠에게 전혀 아는 체를 하지 않았다.

"베르투치오, 어제 내가 말한 대로 포폴로 광장이 내려다보

몽테크리스토 백작 1

190

이는 창을 구해놓았나?"

"예, 로바니에프 공작께 양해를 구하고 돈을 좀 드려서 양보를 받아냈습니다."

"에이, 그런 집안일을 손님들 앞에서 말하다니. 어쨌든 창을 구했으니 됐어. 마부에게 그 집 주소 알려놓고. 이제 일이 끝났으니 식사가 준비되면 알려주게. 3인분을 준비해줘."

집사가 공손히 인사하고 물러가자 프란츠가 다시 사형 집행 이야기를 꺼냈다.

"오늘 두 명이 처형된다지요? 한 명은 박살형이고 한 명은 참수형이라던데요."

그러자 백작이 말했다.

"처음에는 그랬다고 하던데요. 그런데 좀 바뀐 모양입니다. 어제 밤에 제가 추기경 댁에 갔었는데 두 사형수 중 한 명에게 집행유예를 내리도록 한 모양입니다. 가만있자, 심심풀이로 여기 이름을 적어두었는데……."

그는 수첩을 훑어보는 척하더니 말을 이었다.

"페피노라고 하는 자군요. 산적 루이지 밤파와 공모한 죄를 지었다지요? 아쉽지만 단두대 처형은 볼 수 없게 되었네요.

하지만 대단한 구경거리는 아닙니다. 그냥 한순간에 끝나니까요. 저는 늘 단두대 처형은 가장 관대한 형벌이라고 생각해왔습니다."

백작의 느닷없는 말에 프란츠가 되물었다.

"무슨 말씀이신지요?"

"아, 제가 너무 직접적으로 말씀드렸군요. 어떤 사람이 자기 아버지나 어머니, 또는 애인을 잃었다고 칩시다. 그로 인해 영원한 마음의 상처를 입었다고 칩시다. 그런데 그들이 그냥 죽은 게 아니라 누군가가 고문 등 이런저런 식으로 극심한 고통을 받은 다음에 부당하게 죽었다고 칩시다. 도대체 눈 깜짝할 사이에 끝나버리는 육체적 고통이 오랜 세월 가해졌던 고통을 보상해줄 수 있다고 생각하십니까?"

프란츠가 대답했다.

"그렇지요. 정의를 실현하는 것하고 마음을 위로해주는 것하고는 다르니까요. 그래서 결투를 법적으로 용인해주는 것인지도 모르지요."

"결투요? 복수를 해야 하는 경우 결투는 장난에 불과하지요. 오랜 세월을 두고도 씻기지 않는 고통을 받은 경우에는 될 수 있는 대로 자신이 받은 고통을 고스란히 되돌려줘야 합니다. 근동 사람들 말마따나 '이에는 이, 눈에는 눈'으로 보복하는 겁니다."

"하지만 그런 방법을 택하게 되면 스스로 범법자가 되는 게 아닐까요?"

"보통 사람이라면 그렇게 되겠지요. 돈도 없고 적당한 방법도 찾기 어려울 테니. 하지만 억만장자에다 지혜까지 지니고 있으면 이야기가 달라집니다. 뭐, 최악의 경우라고 해야 겨우 단두대에 오르는 정도겠지요. 복수를 하고 난 다음에야, 어떤 처벌을 받건 그게 뭐 중요하겠습니까? 아, 제가 말이 너무 많았군요. 식사가 준비된 모양입니다. 함께 가시지요."

식당으로 가니 없는 게 없는 진수성찬이 차려져 있었다. 알베르는 그동안 형편없는 호텔요리만 먹어왔기에 오랜만에 맛있게 식사를 했다. 하지만 백작은 이런저런 요리를 그저 맛만 보는 정도에서 그쳤다. 프란츠는 가끔 백작이 알베르를 유심히 바라보는 것을 눈치챘지만 그 이유는 알 수 없었다.

그들은 식사를 마치자 함께 자리에서 일어났다. 프란츠가 코르소 거리에서 보고 싶은 게 있다며 걸어가고 싶다고 하자 마차는 포폴로 광장으로 보내고 세 사람은 스페인 광장을 지나 곧장 피아노 저택과 로스폴리 저택 사이로 통하는 프라티나 거리를 올라갔다.

프란츠가 걸어가자고 한 것은 로스폴리 저택의 창을 확인하고 싶어서였다. 그는 로스폴리 저택 창을 향해 눈길을 돌렸다. 그리고 가능한 한 태연한 말투로 몽테크리스토 백작에게 물었다.

"어느 것이 백작님의 창이지요?"

"저 끝에 있는 세 개입니다."

백작은 무심한 듯 대답했다. 프란츠는 급히 그쪽을 바라보았다. 양쪽 창 둘에 노란색 커튼이 쳐져 있었고 가운데 창에는 붉은 십자가가 그려진 하얀 천이 늘어져 있었다. 이제 모든 것이 확실했다. 콜로세움에서 본 사나이는 백작임이 확실했다.

그들이 코르소 거리를 지나 포폴로 광장에 가까워지자 군중이 점점 더 많아졌다. 광장에는 단두대가 설치되어 있었다. 백작이 두 젊은이를 위해 세를 낸 창은 바부이노 거리와 핀치오 언덕 사이에 있는 대저택의 3층에 있었다.

프란츠는 단두대 쪽으로 시선을 돌렸다. 사형 집행인의 조

수 두 명이 죄수가 엎드릴 널판 위에 앉아 식사를 하고 있었다. 그 광경만으로도 프란츠의 머리털이 곤두섰고 식은땀이 흘렀다. 성당 문 양쪽에 헌병들이 2열로 단두대까지 줄을 지어 서 있었다. 사형수들은 바로 그 성당에서 마지막 밤을 보낸 것이었다. 단두대 주위로는 100보쯤 되는 거리에 둥그렇게 공간이 남아 있었고 광장 나머지 부분은 사람들로 꽉 차 있었다.

이윽고 성당 문이 열렸다. 제일 먼저 고행 신부들이 회색 옷을 입은 채 양초를 두 손에 들고 나타났다. 그 뒤로는 무명 속바지만 걸친 키 큰 사나이가 따라 나왔다. 허리에는 칼을 차고 있었으며 한쪽 어깨에 무거운 쇠뭉치를 메고 있었다. 사형 집행인이었다. 그 뒤로 먼저 페피노가 따르고 있었고 그 뒤로는 안드레아라는 죄수가 따르고 있었다.

페피노는 당당한 걸음걸이였다. 아마도 자신이 어떻게 될 것인지 이미 알고 있는 것 같았다. 안드레아는 온몸에 기운이 없는 듯 양쪽을 신부들이 부축하고 있었다. 그 모습을 보고 프란츠는 다리에 맥이 빠졌다. 알베르를 흘낏 보니 그도 얼굴이 하얗게 질려 아직 반밖에 피우지 않은 궐련을 밖으로 던져버렸다. 하지만 백작은 냉정하고 침착한 모습이었다.

페피노가 단두대까지 왔을 때였다. 고행 신부 한 사람이 사람들 사이를 뚫고 들어오더니 장로 쪽으로 달려가서는 쪽지를 건네주었다. 장로가 쪽지를 펴서 읽더니 손을 쳐들면서 말했다.

"주님을 찬송할지어다. 교황을 찬양할지어다. 사형수 중 한 명에게 특사령이 내렸다. 페피노, 일명 로카 프리오리, 특사에 의해 사형을 면한다."

자기 혼자 죽게 된 것을 안 안드레아는 몸부림을 치며 이렇게 외쳤다.

"그놈도 죽여라! 나 혼자 죽이는 법이 어디 있어!" 그 모습을 보고 백작이 두 청년의 손을 잡으며 말했다.

"저것 좀 보십시오. 조금 전까지만 해도 아무 저항 없이 죽음을 받아들이려던 저자가 왜 저렇게 날뛰는 걸까요? 다른 사람이 함께 고통을 겪을 줄 알고 위안을 받았는데 그가 살게 되자 저렇게 날뛰는 겁니다. 이게 인간입니다. 한 명이라도 살게 된 것을 기뻐하는 게 아니라 살게 된 그를 저주합니다. 자연이 창조해낸 걸작, 인간에게 영광이 있으리라! 피조물 중의 왕인 인간이여, 영광이 있으리라."

백작은 이 말을 하면서 껄껄 웃었다. 그러나 그 웃음 속에는 사람의 가슴을 섬뜩하게 만드는 그 무언가가 숨어 있었다.

날뛰는 사형수를 두 사나이가 단두대 위에 올려놓고 꿇어앉혔다. 사형수가 일어나려고 했다. 순간 쇠망치가 그의 관자놀이를 내리쳤다. 둔탁한 소리와 함께 사형수는 바닥에 고꾸라졌다. 그러자 사형집행인이 쇠망치를 내려놓더니 허리에서 단도를 꺼내어 단숨에 목을 찔렀다. 사형수의 목에서 핏줄기가 위로 솟구쳤다. 그사이 페피노는 슬그머니 군중 속으로 사라졌다.

프란츠는 더 이상 볼 수 없다는 듯 뒤로 물러서더니 거의 실신한 사람처럼 안락의자에 털썩 주저앉았다. 알베르는 두 눈을 감은 채 꼼짝 않고 있었다. 하지만 백작은 미동도 않은 채 냉정한 표정으로 그 모든 것을 똑바로 바라보고 있었다.

어느새 광장에서 처형의 흔적은 사라졌다. 단지 떠들썩한 군중들만 흥겹게 모여 있을 뿐이었다. 사육제가 정식으로 시작된 것이다. 백작은 벌써 어릿광대 옷을 입고 있었다. 그는 미리 준비해둔 옷을 젊은이들에게 내밀며 입으라고 말했다.

알베르와 프란츠는 옷을 입고 가면을 썼다. 그들은 함께 아래로 내려갔다.

알베르를 구해주다

그들은 함께 마차에 올랐다. 조금 전의 광경과 비교해볼 때 과연 같은 장소인지 의심스러울 정도였다. 음산한 사형집행 분위기는 간 곳 없이, 포폴로 광장은 이제 사람들이 미친 듯 날뛰는 향연 장소였다.

군중들은 온갖 광대 복장을 한 채 가면을 쓰고 거리로 쏟아져 나와 밀가루를 묻힌 달걀, 색종이, 꽃다발 들을 마구 던지고 있었다. 상대방이 아는 사람이건 아니건 상관하지 않았다. 프란츠와 알베르는 아직 사형집행의 충격에서 헤어나지 못하고 있었다. 그러나 차츰 주변의 들뜬 기분에 휩싸이기 시작했다. 그리고 결국 그 광란의 축제에 끼어들었다. 그들은 마차 안에서 몸을 일으켜 자루에서 달걀, 사탕 등을 꺼내 주먹에 움켜쥐고 사람들을 향해 힘껏 던지기 시작했다. 그러자 바로 전에 본 우울한 사건은 기억 속에서 사라졌다.

백작은 마차가 두 번째 거리를 돌기 시작했을 때 그들에게 실례하겠다고 말하고 마차에서 내렸다. 바로 로스폴리 저택 앞이었다. 아까 프란츠가 보았던 대로 가운데 창에 붉은 십자가가 그려진 흰 헝겊이 드리워져 있었고 그 창 앞에 두건 달린 옷을 입은 남자가 서 있었다. 백작은 마차에서 내리며 말했다.

"마차로 구경하시는 게 싫증나면 언제고 말씀하십시오. 제 창에 자리가 있으니까요. 그때까지는 마차와 마부와 하인 들을 마음대로 쓰십시오."

프란츠는 백작의 호의에 감사의 답례를 했다. 잠깐 마차가 멈춘 사이, 옆으로 마차가 지나갔다. 로마의 농촌 처녀들을 잔뜩 실은 마차였다. 알베르는 그 마차를 향해 꽃다발을 뿌리며 처녀들을 희롱했다. 백작이 저택으로 들어가고 반대쪽 행렬도 움직이자 아쉽게 그 마차와 헤어질 수밖에 없었다. 알베르가 탄 마차는 포폴로 광장 쪽을 향했고 그 마차는 반대 방향으로 시야에서 사라져버렸다.

알베르가 프란츠에게 말했다.

"이봐, 자네 못 봤나?"

"뭘?"

"저, 마차 말이야. 로마 시골 처녀들이 잔뜩 타고 있더군."

"그래? 난 못 봤는데."

"기막히게 예쁜 아가씨들이 타고 있던데……."

그날 알베르가 탄 마차는 두세 번 로마의 처녀들을 태운 마차와 마주쳤다.

두 마차가 두 번째 마주쳤을 때였다. 알베르가 쓰고 있던 가면이 그의 얼굴에서 떨어졌다. 우연인 것도 같았고 그가 일부러 그런 것 같기도 했다. 그와 동시에 그는 마차 안에 있던 꽃다발을 모조리 그 마차 안으로 던졌다. 그러자 그 마차에 타고 있던 여자들 중 알베르가 마음에 두었던 바로 그 여자가 한 다발의 오랑캐꽃을 알베르를 향해 던졌다. 알베르는 그것을 주워 단춧구멍에 끼웠다.

행렬에 밀려 두 마차가 헤어졌다가 다시 만났을 때, 알베르에게 오랑캐꽃을 던진 여자는 그 꽃이 알베르의 단춧구멍에 꽂혀 있는 것을 보고 손뼉을 쳤다. 그걸 보고 프란츠가 "브라보, 일이 잘 되어가는군. 난 자리를 비켜줘야겠어"라고 말했다.

"아니, 서두를 것 없어. 좀 심각한 일이 벌어지려면 내일 만나는 게 나아. 여자 쪽에서 먼저 무슨 신호가 있을걸. 그러면 나도 생각이 있으니까."

이윽고 날이 저물고 가장 행렬의 폐회를 알리는 종이 울리자 마부는 마차를 호텔로 몰았다.

다음 날이었다. 백작은 두 사람이 며칠 동안 마음대로 마차를 쓰라고 했다. 자신은 다른 마차를 구했다는 것이었다. 둘은 마차를 타고 다시 거리로 나섰다. 거리를 두 번째 돌았을 때 여자들을 태운 마차와 마주쳤다. 그 마차에서 다시 오랑캐 꽃다발이 날아들었다. 알베르는 그 꽃다발을 단춧구멍에 끼웠다. 이윽고 다시 그 마차와 마주치자 알베르는 어제 받은 꽃을 정답게 입술에 갖다 댔다. 그러자 그 꽃을 던진 여자가 눈길로 화답했다. 알베르와 오랑캐꽃을 준 여자 사이의 희롱은 그렇게 하루 종일 이어졌다.

다음 날 프란츠는, 알베르가 무언가 입 밖에 꺼내기 어려운 부탁을 하려는 것 같은 느낌을 받았다. 프란츠가 무슨 말이든지 해보라고 하자, 알베르는 미안한 표정을 지으며, 다음 날 자기 혼자 마차를 쓸 수 있게 해달라고 부탁했다. 프란츠는 선선히 허락했다.

이튿날, 알베르는 혼자 마차를 타고 밖으로 나갔다. 그날 저녁 알베르는 거의 미친 듯이 기뻐하며 사각봉투를 들고 들어섰다. 자신이 보낸 희롱에 그녀가 답을 보낸 것이다. 프란츠가 어서 읽어보라고 하자 그가 소리 내어 읽었다.

화요일 저녁 7시, 폰테피치 거리 앞에서 마차에서 내리세요. 그런 후 시골 처녀 뒤를 따라오세요. 산자코모 교회 계단에 이르면 어릿광대 옷 어깨 위에 장밋빛 리본을 다세요. 그러면 저를 만날 수 있을 거예요. 꼭 약속을 지키시고 누구에게도 말하지 마세요. 우리만의 비밀이니까요.

프란츠는 환호성을 지르며 친구의 성공을 축하했다.

이윽고 약속한 날이 되었다. 사육제 마지막 날이었고 가장 요란한 날이었다. 이제까지 여러 가지 사정으로 축제에 끼어들지 않았던 사람들도 모두 이 미친 것 같은 축제에 뛰어들어,

도시 전체가 광란 그 자체가 되는 날이었다.

알베르는 어릿광대 옷을 입었다. 그는 미리 어깨 위에 장밋빛 리본을 맸다. 프란츠는 알베르와 자기를 확실하게 구분할 수 있도록 로마 농부 의상을 입었다. 광란의 축제 속에 밤이 되었다. 밤이 되자 모두들 촛불을 손에 들었다. 코르소 거리 전체가 마치 대낮처럼 밝아졌다. 알베르는 자주 시계를 꺼내 시간을 확인했다. 이윽고 7시가 되었다.

마차가 폰테비치 거리 앞에 이르자 알베르는 촛불을 든 채 마차에서 뛰어내렸다. 그가 입은 어릿광대 옷 어깨에는 장밋빛 리본이 달려 있었다. 그는 산자코모 사원 쪽으로 걸음을 옮겼다. 알베르가 층계에 발을 올려놓자 눈에 익은 옷을 입은 여자가 나타나서 그의 촛불을 받아들더니 팔짱을 꼈다.

프란츠는 잠시 그들을 뒤쫓았으나 곧 군중 속에서 잃어버리고 말았다. 프란츠가 미첼로 거리에 이르자 갑자기 종소리가 울렸다. 사육제가 끝났음을 알리는 종소리였다. 그러자 마치 마술이라도 부린 듯 모든 촛불이 다 꺼졌다. 사방이 온통 짙은 암흑에 빠져들었다. 동시에 모든 소리가 일제히 뚝 그쳤다. 가면 쓴 사람들을 집으로 데려가는 마차 소리 외에는 아무

소리도 들리지 않았다. 그렇게 사육제는 끝났다.

프란츠는 호텔로 돌아왔다. 알베르가 일찍 돌아올 수 없을 것 같아 그는 혼자 식사를 했다. 알베르는 11시가 될 때까지도 돌아오지 않았다. 프란츠는 브라치아노 공작 댁에서 밤을 보내겠다고 주인에게 말한 후 호텔을 나섰다. 브라치아노 공작의 저택은 로마에서도 가장 화려한 저택의 하나였다. 저택에 모인 사람들은 알베르 없이 프란츠 혼자 들어서는 것을 보고 의아해 하며 그가 어디 갔느냐고 물었다.

프란츠가 대답했다.

"저녁 7시경 이름 모를 여자를 따라가더니 아직 소식이 없습니다."

그때였다. 공작의 하인이 안으로 들어오더니 프란츠에게 말했다.

"각하, 런던 호텔에서 전갈이 왔습니다. 누군가 모르세르 자작의 편지를 가지고 와서 호텔에서 각하를 기다리고 있답니다."

"자작의 편지?" 프란츠가 놀라서 소리쳤다. 그는 서둘러 호텔로 향했다. 마차는 2시에 오라고 하고 돌려보냈기에 걸어서

갈 수밖에 없었다. 그가 호텔근처에 왔을 때였다. 길 한복판에 서 있던 웬 남자가 프란츠의 모습을 보고 다가와서 말했다.

"각하, 파스트리니 호텔에 묵고 계시는 프란츠 남작님이신 가요?"

"맞아. 자네가 편지를 가져왔나? 어서 이리 주게. 내 읽어보 고 답장을 줄 테니 여기서 기다리게."

프란츠는 편지를 받아들고 호텔로 들어갔다. 그는 방에 들 어가 촛불을 밝히고 편지를 읽었다.

이보게, 이 편지를 받은 즉시 내 서류 가방에서 신용장 을 꺼내주게. 가방은 서랍에 있다네. 그 신용장 금액만 으로 부족하다면 자네 것도 좀 보태주게. 그 신용장으로 곧바로 4,000피아스트로의 현금을 마련해서 이 편지를 갖고 간 사람에게 전달해주게. 토를로니아에게 가면 그 신용장을 받고 돈을 줄 거야. 한시라도 빨리 돈을 마련 해야 한다네.

더 이상 자세한 이야기는 않겠네. 자네가 나를 믿는 만 큼 나도 자네를 믿고 있다네.

추신: 로마에 산적이 있다는 이야기 함께 들은 적 있지?

이제 그 말을 믿게 되었다네.

친구 알베르 모르세르

알베르의 글 밑에는 다른 필적으로 아래와 같은 내용이 적혀 있었다. 이탈리아어였다.

아침 7시까지 내 손에 4,000피아스트로가 들어오지 않

으면, 알베르 드 모르세르 자작은 이미 이 세상 사람이

아닌 것임을 알린다.

루이지 밤파

이 편지를 보고 프란츠는 즉시 모든 것을 알 수 있었다. 그토록 산적의 존재를 믿지 않던 알베르가 바로 그 산적의 손아귀에 걸려든 것이었다. 우물쭈물할 때가 아니었다. 그는 책상으로 달려가 서랍을 열었다. 알베르의 서류 가방이 나오자 그는 신용장을 꺼냈다. 6,000피아스트로짜리 신용장이었지만 알베르가 이미 3,000피아스트로는 써버린 뒤였다. 게다가 자

신에게는 어음이나 신용장 같은 것은 없었다. 그는 원래 피렌체에 살고 있었으며 로마에는 1주일 정도만 있을 예정이었기에 100루이만 가지고 온 것이었다. 그것도 다 쓰고 절반만 남은 상태였다.

순간 그에게 몽테크리스토 백작이 생각났다. 그는 주인을 불러 백작을 좀 볼 수 있느냐고 말했다. 주인은 프란츠가 시키는 대로 했다. 그는 5분후 돌아와 백작이 프란츠를 기다린다는 말을 전했다.

프란츠는 백작을 보자마자 편지를 건네주었다.

백작이 그에게 물었다.

"돈은 가지고 계신가요?"

"800피아스트로 정도가 부족합니다."

그러자 백작이 책상으로 가 서랍을 열었다. 서랍 안에는 금화가 그득 들어 있었다.

"자, 마음대로 가져가십시오."

그러자 프란츠가 말했다.

"그런데, 이 돈을 꼭 갖고 가야 할까요?"

"아니, 추신을 보고도 그런 소릴 하시나요?"

“제 생각에는 백작님 힘으로도 간단히 처리하실 수 있을 것
같은데요.”

백작이 깜짝 놀라며 물었다.

“어떻게요?”

“저와 함께 루이지 밤파를 찾아가 주신다면 말입니다. 그는
알베르를 풀어주지 않을까요? 백작께서 페피노의 목숨을 구
해주셨으니 말입니다.”

“아니, 누가 그런 소릴 하던가요?”

“그거야 어떻든 제가 그 사실을 알고 있습니다.”

백작은 잠시 미간을 찌푸린 채 입을 다물고 있다가 말했다.

“좋습니다. 함께 갑시다. 돈도 무기도 다 필요 없습니다. 이
편지를 가져온 사람은 어디 있지요?”

“아직 큰길에 있습니다.”

그러자 백작이 창가로 가서 휘파람을 불었다. 그랬더니 망
토를 걸친 심부름꾼이 벽에 붙어 있다가 길 복판으로 나섰다.
백작이 올라오라고 말하자 사나이는 서둘러 호텔 안으로 들
어섰다. 그 사나이는 방에 들어서자마자 백작 앞에 무릎을 꿇
더니 백작의 손을 잡고 수없이 입을 맞추었다.

"아니, 페피노, 너였구나. 자, 이야기해봐라. 어떻게 된 일이냐? 알베르 자작이 어떻게 해서 루이지 손에 걸려든 거냐?"

"각하, 그 프랑스 분이 테레사가 탄 마차와 자주 마주치면서 눈길을 맞추었습니다."

"테레사? 루이지의 여자?"

"네, 그렇습니다. 그 프랑스 분이 테레사에게 반한 것 같기에 테레사가 꽃다발을 던지며 장난삼아 응대를 한 겁니다. 짐작하시겠지만 그 마차에 타고 있던 두목의 승낙을 받고 한 일입니다. 두목이 마부 복장을 하고 마차를 직접 몰았거든요."

"모두 루이지의 계략이었군. 그래, 지금 어디 있나?"

"지금 산세바스티아노 지하 묘지에 있습니다."

"좋아, 지금 당장 가보기로 하지."

백작이 초인종을 울리자 하인이 나타났다.

"자, 마차를 준비해라."

12시 반이었다. 프란츠와 백작은 밖으로 나섰다. 페피노가 그들 뒤를 따랐다. 밖으로 나오니 마차가 기다리고 있었다. 마부석에는 흑인 알리가 앉아 있었다. 2인석 마차였다. 페피노는 알리 옆에 앉았고 이윽고 마차가 출발했다.

마차는 산세바스티아노 문을 통과해 성 밖으로 나왔다. 양쪽 길에는 무덤들이 죽 늘어서 있었다. 달빛에 그늘에 서 있는 보초의 모습이 보였다. 페피노가 뭐라고 말하자 보초가 자취를 감추었다. 마차는 조금 더 가서 멈추었다. 페피노가 마차 문을 열자 백작과 프란츠가 마차에서 내렸다.

10분 쯤 걷자 사람이 하나 겨우 들어갈 수 있을 정도의 지하묘지 입구가 나타났다. 빽빽한 검불 사이 바위들 틈에 나 있는 입구라서 잘 눈에 띄지도 않았다. 그들은 입구로 들어섰다. 그들이 통로를 따라 아래로 내려가자 길이 점점 넓어졌다. 그들이 한 50보쯤 내려갔을 때였다. 갑자기 "누구냐!" 하는 외침 소리가 들리면서 총신이 번쩍했다. 페피노가 앞으로 나서서 몇 마디 하자 보초는 들어가도 좋다는 신호를 했다.

그곳을 지나자 계단이 나타났다. 계단을 내려가자 다섯 갈래로 갈라진 지하묘지가 나타났다. 그들은 안으로 더 들어갔다. 그러자 네모진 방이 나타났고 방 한가운데 한 남자가 책을 읽고 있었다. 카이사르가 쓴 『갈리아 전기』였다. 그가 바로 산적 두목 루이지 밤파였다. 루이지 주변에는 대략 스무 명의 산적들이 곁에 총을 세워둔 채 여기저기 누워 있거나 앉아 있었다.

백작이 그들을 향해 다가가자 보초가 "누구야?"라고 소리 쳤다. 램프 불빛에 백작의 커다란 그림자가 비쳤던 것이다. 그 소리에 밤파가 벌떡 자리에서 일어나 권총을 빼들었고 산적 들도 모두 일어났다. 모두 스무 개의 총구가 일제히 백작을 향 하고 있었다.

"밤파, 이거, 친구를 너무 요란하게 맞는 거 아닌가?" 백작 이 착 가라앉은 목소리로 조용히 말했다.

그러자 밤파가 총을 내리라고 명령한 후, 공손하게 모자를 벗으며 백작을 향하여 말했다.

"죄송합니다. 백작님, 설마 이렇게 직접 찾아주실 줄이야. 정말 죄송합니다."

"그것만 잘못한 게 아냐. 자네는 어찌하여 내 친구를 납치 하여 돈을 요구한단 말인가?"

루이지 밤파는 깜짝 놀란 듯이 부하들을 돌아보며 말했다.

"아니, 그분이 백작님 친구인 걸 아무도 몰랐단 말이냐? 만 일 그걸 알고 있던 놈이 있다면 내 손으로 그놈 머리를 날려 버릴 테다."

그러더니 백작을 향해 아주 죄송한 표정을 지으며 말했다.

"백작님, 뭔가 잘못된 것 같습니다. 정말 죄송합니다."

그때 프란츠가 앞으로 나서며 물었다.

"그런데 내 친구는 도대체 어디 있는 거요? 도통 보이지를 않으니……. 그에게 무슨 일이 있는 건 아니겠지!"

"아, 저곳에 계십니다."

루이지는 보초 한 명이 왔다갔다 하며 지키고 있는 구석진 곳을 가리켰다. 백작과 프란츠는 밤파의 뒤를 따라 알베르가 갇혀 있는 곳으로 갔다. 두목이 빗장을 뽑고 문을 열자 시체 안치소에 갇혀 있는 알베르의 모습이 보였다. 그는 산적에게서 빌린 외투를 뒤집어쓰고 천연스레 잠을 자고 있었다.

"허허, 배짱 한번 좋군. 아침 7시면 총살당할 신세에……."

백작이 특유의 웃음을 띠며 말했다. 밤파는 태평하게 잠을 자고 있는 알베르를 감탄의 눈으로 바라보았다.

"정말 그렇네요. 과연 백작님 친구다우십니다." 밤파가 맞장구치며 말했다.

그는 알베르 곁으로 가더니 어깨를 흔들어 깨웠다. 그러자 알베르가 팔을 쭉 뻗어 눈을 비비더니 눈을 떴다.

"아, 좋은 꿈을 꾸고 있었는데……. 도대체 이 시간에 왜 깨우는 거지?"

"각하는 이제 자유의 몸입니다."

"내 석방금을 벌써 받았단 말인가?"

"아닙니다. 제가 무슨 분부건 절대적으로 받드는 분이 직접 오셔서 각하를 놓아달라고 하셨습니다. 바로 이분, 백작님이십니다."

알베르는 옷매무새를 바로잡으며 쾌활한 목소리로 말했다.

"백작님, 정말 친절하십니다. 지난번에는 마차도 선선히 빌려주시더니, 이번엔 평생토록 잊지 못할 은혜를 베풀어주셨군요."

알베르는 백작에게 손을 내밀었다. 백작도 마주 손을 내밀었다. 순간 그의 손이 약간 떨리는 것 같기도 했다.

그들은 밤파의 안내로 밖으로 나와 마차에 올랐다. 마부는 이내 호텔로 마차를 몰았다.

이튿날 알베르는 자리에서 일어나자마자 프란츠와 함께 백작을 찾아갔다.

백작을 보자 알베르가 말했다.

"백작님, 어젯밤에는 제대로 감사의 말씀도 드리지 못했습니다. 저를 구해주신 은혜를 평생 잊지 못할 것입니다. 혹시 제가 도와드릴 일이라도 있으면 제발 말씀해주십시오."

백작이 대답했다.

"별것도 아닌 일을 가지고 그렇게까지 말씀해주시다니. 고맙게 자작님 호의를 받아들이지요. 실은 전부터 자작님 힘을 빌릴 일이 하나 있었습니다."

"그래요? 어서 말씀해보십시오."

"저는 아직 파리에 가본 적이 없습니다. 그래서 파리를 도통 모르고 있습니다."

"아니, 그게 정말입니까? 백작님께서 아직 파리에 가보신 적이 없다니 믿어지지 않습니다."

"사실입니다. 그 문명의 도시에 한번 꼭 가보고 싶은데 불행히도 파리에는 아는 사람이 하나도 없습니다. 파리 사교계에 저를 소개해줄 분이 없어서 아직 못 가본 것입니다. 어떻습니까? 알베르 씨, 제가 파리에 가면 파리 사교계 문을 제게 열어주실 수 있는지요?"

"당연하지요. 백작께서 파리에 오시게 되면 저뿐 아니라 제 가족들 모두 백작님을 위해 무슨 일이든 하겠습니다."

"그렇다면 알베르 씨는 언제 파리에 돌아가시지요?"

"3주일 안에는 그곳에 있을 것입니다. 실은 파리에서 온 편지를 하나 받았는데 제 혼담이 오가고 있는 모양입니다. 그래서 빨리 돌아가야 합니다."

백작이 조금 생각에 잠겨 있다가 말했다.

"그럼 석 달 후에 제가 파리에 가겠습니다. 좀 여유 있게 시간을 드려야지요."

알베르가 즉시 대답했다.

"좋습니다. 그럼 정확히 날짜와 시간을 정하지요."

백작이 거울 옆에 있는 달력을 손으로 가리키며 말했다.

"오늘이 2월 21일이고 지금이 10시 반입니다. 그럼 5월 21일 10시 반에 저를 기다려주시겠습니까?"

"좋습니다. 오찬 준비를 해놓고 기다리겠습니다. 주소는 엘데가, 27번지입니다."

백작은 수첩을 꺼내더니 '엘데가 27번지. 5월 21일 10시 반'이라고 적어 넣었다. 그러더니 프란츠에게 물었다.

"남작께서도 파리로 함께 떠나시나요?"

프란츠가 대답했다.

"아닙니다. 저는 베네치아로 갈 겁니다. 저는 한두 해 더 이탈리아에 머물 예정입니다."

백작은 둘에게 인사를 하고 밖으로 나갔다.

백작이 나가자 프란츠는 걱정스러운 얼굴을 하고 있었다. 그의 모습을 본 알베르가 물었다.

"왜 그래? 무슨 걱정이 있는 것 같은데."

"솔직히 말해주겠네. 백작이 아무래도 좀 수상한 사람 같아서. 자네가 파리에서 그와 만나기로 한 게 왠지 불안해."

"아니. 프란츠! 자네 어디가 좀 이상한가? 백작과 약속한 게 불안하다니!"

"글쎄 내가 돌았는지 안 돌았는지는 모르겠지만 백작이 이상한 사람인 건 사실이야."

프란츠는 그동안 마음속에 간직하고 있던 이야기를 알베르에게 해주었다. 몽테크리스토섬으로 사냥을 갔다가 겪은 일, 로마에서 백작과 밤파 사이에서 주고받던 이야기, 어젯밤에 백작을 찾아갔던 이야기들을 모두 자세히 들려주었다. 그 이야기를 듣고 알베르가 말했다.

"자네, 좀 신경이 예민해졌군. 백작은 워낙 여행을 좋아하고 돈이 많아. 그러니 그 섬에 별장 겸 임시 거처를 마련해놓은 거지, 뭐."

"하지만 코르시카 산적들하고 가깝게 지내는 건 뭐지?"

"그것도 이상할 거 없어. 말이 산적이지 코르시카 산적들은 그냥 마을 사람이나 다를 바 없어. 어쩌다 마을에서 도망쳐 나온 사람들일 뿐이야. 자네는 여기 산적들하고도 그 양반이 친한 걸 또 문제 삼겠지? 하지만 그 덕분에 내가 목숨을 건진 것 아닌가? 그걸 트집 잡을 수는 없어. 그 사람이 직접 와서 나를 구해주었다는 것, 그것만으로 충분해. 이제야 자네에게 고백하겠네. 산적들 틈에서 내가 태연한 것처럼 보였지? 사실 겉으로만 그런 척한 거야. 속으로는 잔뜩 겁에 질려 있었다고. 게다가 그 양반이 부탁한 게 뭐 그리 어려운 일인가? 파리 사교계에 소개해달라는 정도 아닌가? 내가 그걸 거절할 이유가 어디 있나? 그런 말을 하는 자네가 정말 이상하게 보이네."

프란츠로서도 더 이상 할 말이 없었다. 하지만 백작이 이상한 인물이라는 생각은 그의 머리를 떠나지 않았다.

이튿날 오후, 알베르 드 모르세르는 파리로 돌아가기 위해, 프란츠 데피네는 베네치아로 가기 위해 각기 마차에 올라 헤어졌다. 알베르는 마차에 오르기 전에 백작에게 건네주라며 자신의 명함을 호텔 보이에게 주었다. 백작에게 약속을 정확히 상기시키기 위해서였다. '알베르 드 모르세르'라는 이름이 적힌 명함 아래쪽에는 연필로 이렇게 적혀 있었다.

　　5월 21일 오전 10시 반
　　엘데가, 27번지

파리에 가다

　　　　　5월 21일 오전, 엘데가 27번지 알베르의 집, 알베르는 백작을 맞을 준비를 하고 있었다.

　알베르 드 모르세르는 넓은 안뜰 한쪽에 있는 별관에 살고 있었다. 그의 거처는 안뜰과 뒤뜰 사이에 있는 모르세르 백작 부부의 건물과는 따로 떨어져 있었다. 아들에게 자유를 주기 위한 어머니의 배려에 의해서였다.

　알베르는 예복을 차려입고 아래층의 작은 살롱에 있었다. 10시 15분 전이 되자 하인 제르맹이 신문 뭉치를 들고 와서 테이블 위에 놓은 후 알베르에게 물었다.

　"식사는 몇 시에 준비할까요?"

"10시 반에 먹을 수 있게 해줘. 백작과 약속한 시간이니까. 그런데 어머니는 일어나셨나? 어머니께 3시쯤 손님 한 분을 모시고 갈 거라고 전해줘. 어머니께 소개를 해드려야 해."

하인이 나가자 그는 신문을 뒤적였다. 바로 그때 마차 한 대가 문 앞에 와서 섰다. 얼마 후 하인이 들어와서 뤼시앵 드브레 씨가 왔다고 전했다. 그가 들어서자 알베르가 반갑게 맞았다. 드브레는 금발에 키 큰 청년이었다.

둘이 이런저런 잡담을 하고 있는 사이 이번에는 보샹이라는 청년이 도착했다. 그는 「앵파르시알」이라는 신문의 편집장이었다. 그를 보자 알베르가 말했다.

"이제 두 사람만 더 도착하면 오찬을 시작할 수 있을 걸세."

그러자 보샹이 말했다.

"두 명을 더 기다린다고? 누굴 기다리는 건데?"

"귀족 한 명과 외교관 한 명을 기다리고 있어. 그 사람들 기다리는 동안 비스킷이나 좀 들고 있게."

그러자 보샹이 말했다.

"알베르 자네, 외제니 당글라르 양과 결혼할 거라며? 지참금 200만 프랑 때문에 결혼할 셈인가? 왕이 당글라르 씨를 남작으로는 만들어주었지만 신사로 만들어주지는 못할걸."

그러자 드브레가 말했다.

"저런 이야기 귀담아들을 것 없어. 그냥 결혼해버리는 거야. 어차피 돈이라는 꼬리표와 결혼하는 건 마찬가지 아닌가? 아무러면 어때?"

그들이 그런 잡담을 하고 있을 때 하인이 들어와서 "샤토르노 씨와 막시밀리앙 모렐 씨가 오셨습니다"라고 손님 두 명이 더 온 것을 알렸다.

그러자 보샹이 말했다.

"이제 식사를 시작해야겠군. 두 명이 더 올 거라고 하지 않았나?"

그런데 알베르가 고개를 갸우뚱하며 말했다.

"모렐? 모렐이라니, 도대체 누구지?"

그러자 샤토 르노가 방 안으로 들어오더니 알베르의 손을 잡으며 말했다. 신사 차림의 그는 서른 살가량의 용모가 뛰어난 청년이었다.

"내가 자네들에게 소개해주고 싶은 사람이 있어 함께 왔네. 알제리 기병대의 막시밀리앙 모렐 대위라네. 내 생명의 은인이지. 자, 얼마나 훌륭한 분인지는 자네들이 직접 보게."

그 말을 하면서 르노가 청년을 친구들에게 소개했다. 탁 트인 이마에 꿰뚫는 듯한 눈을 하고 있는 청년이었다. 독자 여러분은 이미 그가 누구인지 기억해냈을 것이다. 마르세유 모렐 상사의 주인, 모렐 씨의 아들이 이 자리에 나타난 것이다.

샤토 르노가 막시밀리앙 모렐을 소개하자 알베르가 쾌활하게 말했다.

"대위님을 알게 되어 무척 기쁩니다. 대위께서 남작의 친구라니 저와도 친구가 되실 수 있겠군요."

알베르는 이번에는 르노 남자을 향해 말했다.

"아까 생명의 은인이라고 했지? 난 그 사연이 무척 궁금한데, 이야기 좀 해주지 않겠나?"

"내가 아프리카에 가려고 했던 건 다 알고 있겠지? 난 모험을 좋아하지. 그래서 아라비아로 갔던 거야. 그런데 내가 도착했을 때는 군대가 퇴각하려던 때였어. 나도 도착하자마자 함께 퇴각할 수밖에 없었지. 눈비 맞으며 정말 고생이 많았어. 그런데 덜컥 말이 죽어버린 거야. 그러니 걸어서 후퇴할 수밖에 없었지. 그때 아라비아인 여섯 놈이 말을 타고 내게 달려든 거야. 총으로 어떻게 네 놈은 처치했지만 두 놈에게 무기를 빼앗기고 사로잡히고 말았다네. 차가운 아라비아 칼날을 내 목에 갖다 대더군. 정말 섬뜩했어. 바로 그 순간 대위께서 놈들에게 달려들어 단번에 해치우고 나를 구해주신 거야. 그런데 거기엔 사연이 있다네. 대위께선 그날 사람 한 명을 구해주려고 마음먹고 있었는데 그게 바로 내가 된 거야."

"그렇습니다. 그날이 바로 9월 5일이었습니다. 제 아버지가 기적적으로 구원을 받으신 날이지요. 저는 그날을 기념하기 위해 그날이면 꼭 그 누군가를 위해 무슨 일이라도 한 가지 하기로 작정하고 있습니다."

그러자 알베르가 말했다.

"그래, 실은 나도 생명의 은인을 기다리는 중인데……."

알베르의 말에 모두 어떤 일이 있었는지 이야기해보라고 했다. 알베르는 사육제 기간에 로마에서 겪은 일을 대충 이야기해주었다. 친구들은 산적이니, 인질이니, 몽테크리스토 백작이니 믿을 수 없다는 표정이었다. 심지어 알베르가 악몽을 꾸고는 현실로 착각하고 있다고 놀려대기까지 했다.

벽시계가 10시 반을 치기 시작했다. 그 소리가 미처 끝나기도 전에 제르맹이 들어와서 알렸다.

"몽테크리스토 백작께서 오셨습니다."

그 소리에 모두들 깜짝 놀랐다. 알베르의 이야기를 들으며 그들은 자신도 모르게 무언가 불안한 기분에 젖어 있었던 것이다. 알베르는 무언가 감동적인 것이 속에서 끓어오르는 것을 느꼈다.

얼마 후 조용히 문이 열리더니 백작이 들어섰다. 아주 검소해 보이면서도 우아하기 짝이 없는 옷차림이었다. 그는 미소를 띤 채, 자신에게 손을 내미는 알베르에게 곧장 걸어갔다.

"어느 왕인가가 아들에게 한 말이 있지요. '정확성은 왕자의 예의니라.' 하지만 먼 길을 달려야 하는 여행객은 그 예의를 정확히 지키기가 어려운 모양입니다. 2~3초 늦어진 것을 사과드립니다."

"백작님, 잘 오셨습니다. 백작님을 기다리며 백작님께 꼭 소개해드리고 싶은 친구들을 몇 명 불렀습니다. 소개해드리겠습니다. 이 사람은 원탁의 기사의 후손인 샤토 르노 남작, 이쪽은 내무대신 비서관 뤼시앵 드브레 씨, 이 사람은 신랄한 언론인으로서 프랑스 정부도 겁을 내고 있는 보샹 씨, 그리고 이분은 알제리 기병대의 막시밀리앙 모렐 대위입니다."

모렐이라는 이름을 듣자 지금까지 침착하기 그지없던 백작이 자신도 모르게 몸을 움찔했다. 그리고 그의 창백한 뺨 위에 잠시 붉은빛이 도는 것 같기도 했다. 그러나 그는 곧 평온을 되찾았다.

소개가 끝나자마자 하인이 들어와 식사가 준비되었다고 말했다. 모두 식당으로 건너가 각기 제자리에 앉았다. 식탁에 앉으면서 백작이 말했다.

"여러분, 제가 여러분들께 실례되는 행동을 할 것 같아 미리 말씀을 드리겠습니다. 아시다시피 저는 외국인입니다. 게다가 파리에는 생전 처음 와보는 시골 촌놈이지요. 전 이제까지 파리의 훌륭한 전통과는 전혀 다른 동방의 생활에 익숙해 있었던 사람입니다. 그러니 제 태도에 혹시 터키풍이라든가, 나폴리풍, 또는 아라비아풍 같은 게 보이더라도 너그러이 용서해 주시기 바랍니다."

그의 정중한 인사를 듣고 모두들 그가 대귀족임에 틀림없다고 수군거렸다.

그들은 식사를 하면서 이런저런 이야기를 했다. 어느 정도 흥이 오르자 알베르가 백작에게 말했다. 그가 그동안 정말 궁금해하던 것을 드디어 백작에게 물은 것이다.

"백작님, 백작님께서 저를 구해주신 것, 정말로 감사드리고 있다는 것은 아시지요? 하지만 제게 정말 궁금한 게 한 가지 있습니다. 그 누구도 존경할 것 같지 않은 로마의 산적이 어떻게 백작님을 존경하게 된 거지요? 프란츠도 정말 궁금해하더군요."

그러자 백작이 웃음을 띠며 말했다.

"아, 그렇게 복잡한 사연은 없습니다. 저는 그 유명한 밤피 소년을 10여 년 전부터 알고 있었지요. 그 친구가 어렸을 때 무슨 일로 제가 금화 한두 닢 선심을 쓴 일이 있었지요. 그런데 어린 나이인데도 그 돈을 그냥 받을 수 없다는 겁니다. 그러고는 제게 자신이 조각한 단도를 하나 주더군요. 그날로 그와 나는 우정으로 맺어졌습니다.

그런데 그가 산적이 된 후 부하들과 함께 저를 잡아가려고 하는 일이 벌어졌습니다. 아마 어릴 때 보고 못 봤으니 제 얼굴을 잊었던 거겠지요. 그런데 운이 좋았는지, 제가 그 친구와 부하들을 모두 붙잡게 되었습니다. 물론 저를 도와준 제 친구들도 있었지요. 그들을 경찰에 넘겼다면 아마 곧장 목숨을 잃었을 겁니다. 로마 경찰은 재빠르게 범인을 처리하는 걸로 유명하지요. 하지만 저는 그 친구들을 모두 놓아주었습니다.

딱 한 가지 조건을 내세웠지요. 저를 비롯해서 저와 알고 지내는 사람에게는 절대로 손을 대서는 안 된다는 조건이 바로 그것입니다. 저는 박애주의자나 인도주의자가 아닙니다. 내 동포나 내 사회에 대한 애정은 없습니다. 오로지 내 주변의 사람들만 아낄 뿐입니다."

그러자 모렐이 말했다.

"백작께선 스스로 이기주의자인 척하시네요. 하지만 전혀 알지도 못하는 모르세르 씨를 구해주시지 않았던가요? 스스로 그 원칙을 어기신 것 아닌가요?"

그러자 알베르가 맞장구쳤다.

"백작, 백작께서는 스스로 자신이 박애주의자임을 드러내신 셈입니다. 백작님은, 자신의 결점은 짐짓 더 겉으로 드러내 보이시고 자신의 미덕은 감추려 하시니, 그게 바로 백작이 훌륭한 덕목을 지녔음을 증명하는 게 아닌가요?"

그러자 몽테크리스토 백작이 말했다.

"모르세르 자작은 절대로 제가 모르는 분이 아니었습니다. 이미 제가 빌렸던 방을 두 개나 내준 일이 있었고 게다가 오찬에 초대한 적도 있었습니다. 마차도 빌려드렸었고 가장 행렬도 함께 구경했지요. 그뿐 아니지요. 포폴로 광장에서 처형 장면도 함께 구경했습니다. 그런데 어찌 우리가 모르는 사이라고 할 수 있겠습니까? 그런 분이 위험에 빠졌는데 모른 척 할 수 있겠습니까? 게다가 제게도 속셈이 있었습니다. 저는 파리에 언젠가 꼭 오고 싶었습니다. 자작에게 도움을 주면 자작의 힘을 이용해 파리 사교계에 발을 들여놓을 수 있다는 계산이 있었던 거지요. 그런 행동은 절대로 박애주의자의 행동이 아니지요."

이번에는 알베르가 화제를 바꾸었다.

"파리는 너무 낭만이 없는 산문적인 도시이고 문명화된 도시라서 백작께서 이제까지 익숙하시던 환경과 너무 다를까 봐 걱정입니다. 암튼 제가 사방에 백작님을 소개해드리겠습니다. 그리고 제가 힘이 되어드릴 수 있는 것이 딱 한 가지 더 있습니다. 백작님이 기거하실 편안한 집을 봐드리는 겁니다. 자,

어디 다들 머리를 짜내서 의견을 말해봐. 우리의 귀하신 손님을 어디로 모셔야 할지."

그러자 알베르의 친구들이 각자 자신들의 의견을 말했다. 그러나 모렐은 아무 말도 없었다. 샤토 르노가 모렐에게 의견을 묻자 그가 말했다.

"여러분들이 좋은 의견을 내주셔서 저는 가만있었지요. 굳이 제 의견을 물으신다면 저는 마레가에 있는 아담한 퐁파두르 호텔 같은 곳을 권하고 싶었습니다. 제 누이가 1년 전부터 그곳에 묵고 있습니다."

모렐의 입에서 누이 이야기가 나오자 몽테크리스토 백작이 물었다.

"여자 형제분이 계십니까?"

"네, 아주 좋은 아이입니다."

"결혼은 했나요?"

"네, 벌써 9년이나 되었네요."

"행복하시냐고 물어도 실례가 되지 않을는지요?"

"사람으로서 누릴 수 있는 건 다 누리고 있지요. 회사가 위기에 빠졌을 때도 한결같이 저희 곁에 남아 있던 사람과 결혼했습니다. 엠마뉘엘 에보르라는 사내이지요."

몽테크리스토 백작은 눈에 뜨일락 말락 미소를 지은 후 말했다.

"여러분, 모두 감사합니다. 여러분들 권고를 모두 받아들이고 싶군요. 하지만 저는 벌써 제 거처를 정해놓았습니다. 제 하인이 이미 제 집을 사놓았습니다."

그는 주머니를 뒤져 쪽지를 꺼냈다.

"여기 주소가 있던데요. 아, 샹젤리제, 30번지군요."

그 소리에 모두들 깜짝 놀랐다.

"정말 굉장합니다!"라고 보샹이 외친 후 백작에게 말했다.

"그렇다면 저는 신문기자로서 사소한 도움이나 드리도록 하겠습니다. 파리에 있는 좋은 극장들을 제가 안내해드리겠습니다."

그러자 백작이 웃으며 대답했다.

"정말 감사합니다. 하지만 극장마다 특별석을 미리 잡아놓으라고 이미 제 집사에게 지시해놓았습니다."

"집을 사놓은 하인이 그 일도 했나요?" 드브레가 물었다.

"아닙니다. 집을 산 건 누비아 출신 알리이고요 극장 예약한 집사는 당신네 나라 사람입니다. 코르시카 사람을 같은 나라 사람으로 생각하신다면 말이지요. 모르세르 자작은 한번 보신 일이 있을 겁니다."

"아, 로마에서 창문을 빌렸던 베르투치오!"

"맞습니다. 저희 집에서 오찬을 드실 때도 보신 적이 있으시지요? 아주 유능한 친구입니다. 군대에도 좀 있었고 밀수도 좀 했지요. 암튼 사람이 할 수 있는 일이라면 뭐든 조금씩 다 해본 친구라고 보면 됩니다. 뭔가 사소한 잘못으로 형무소 밥도 좀 먹었던 친구이지요."

"그러니까 백작께선 모든 것이 다 갖추어진 집을 가지고 계신 셈이네요. 샹젤리제 거리의 호화저택에 유능한 하인이라……. 이제 여자 하나만 있으면 완벽하시겠네요." 샤토 르노의 말이었다.

그러자 몽테크리스토 백작이 말했다.

"실은 아주 좋은 여자가 제게 있지요. 지금 말씀하신 그런 여자보다 더 좋은 여자입니다. 제게는 여자 노예가 하나 있습니다. 제가 콘스탄티노플에서 직접 산 여자입니다. 좀 비싸긴 했지만 아주 편하지요."

순간 드브레가 자리에서 일어났다.

"알베르, 벌써 2시 반이 되었군. 아쉽지만 이제 가볼 시간이 된 것 같아."

모두 자리에서 일어났고 모렐은 백작에게 주소가 적힌 명함을 건네주었다. 그들이 모두 밖으로 나가고 몽테크리스토 백작만 알베르 드 모르세르 곁에 남았다.

몽테크리스토 백작과 둘이 남게 되자 알베르는 자기 집을 백작에게 보여주었다. 아틀리에와 객실을 지나 그의 침실로 갔을 때 초상화 한 점이 백작의 눈길을 끌었다. 그 초상화를 보자 백작은 갑자기 그 앞에 우뚝 서서 그 초상화를 뚫어져라 바라보았다.

갈색의 얼굴빛에 무언가 괴로운 것 같은 눈시울 아래 타는 듯한 눈길을 감추고 있는 여인의 초상이었다. 나이는 스물대여섯쯤 되어 보였다.

여인의 복장도 특이했다. 이곳 파리와는 어울리지 않는 카탈루냐 어촌 여자의 화려한 복장을 하고 있었던 것이다. 여인의 눈길은 바다를 향하고 있었으며 쪽빛 바다와 하늘을 배경으로 뚜렷이 드러난 여인의 옆모습은 더없이 우아하고 아름다웠다.

방 안이 어두웠기에 망정이지 만일 그렇지 않았다면 백작의 양쪽 뺨 뒤가 약간 창백해진 것과 그의 어깨와 가슴이 살짝 떨린 것을 알베르가 눈치챌 수 있었을 것이다.

잠시 침묵이 흐른 후 몽테크리스토 백작이 알베르에게 말했다.

"자작께선 굉장히 아름다운 여자를 사귀고 계시는군요."

그러자 알베르가 말했다.

"정말 곤란한 오해를 하고 계시네요. 이 액자 속의 여자는 바로 제 어머니랍니다. 어머니가 7~8년 전에 저 복장을 하고 어느 유명한 스위스 화가에게 부탁해서 그리신 거랍니다. 아버지가 안 계실 때 그린 거지요. 아마 아버지를 깜짝 놀라게 해주려 하셨던 것 같아요. 그런데 이상하게도 아버지가 저 그림을 안 좋아하시더군요. 그래서 제 방에 갖다놓은 겁니다. 어머니는 제게 오실 때 마다 꼭 저 그림을 보시곤, 그때마다 눈물을 흘리시지요. 정말 이상하긴 합니다."

알베르의 집을 모두 돌아보자 그가 백작에게 말했다.

"이제 제 집을 다 보셨습니다. 이제 제 아버지를 소개해드리겠습니다. 백작님이 방문하신다고 미리 말씀드렸거든요. 파리 생활 입문으로 받아들이시면 될 겁니다."

몽테크리스토 백작은 대답 대신 허리를 굽혀 인사를 했다. 그러자 알베르가 하인을 불렀다. 그는 하인에게 백작이 곧 모르세르 부부를 찾아뵐 것이라고 알리도록 했다.

알베르는 몽테크리스토 백작과 함께 모르세르 백작의 응접실로 들어갔다. 객실 쪽으로 난 방문 위에 일곱 마리 티티새가 새겨진 화려한 문장이 있었다. 몽테크리스토 백작이 문장 앞에 서서 그것을 유심히 바라보자 알베르가 말했다.

"이건 저희 집안 선조로부터 전해지는 문장입니다. 모르세르가는 프랑스계로 남프랑스의 가장 오래된 가문 중 하나라고 합니다. 어머니는 스페인계라서 은탑이 저 문장에 새겨져 있지요."

객실에는 초상화 한 점이 걸려 있었다. 모르세르 백작의 초상화였다. 몽테크리스토 백작이 초상화를 주의 깊게 살펴보고 있는데 옆문이 열리며 모르세르 백작이 나타났다.

그는 마흔에서 마흔다섯 살 정도의 남자였다. 또는 쉰이 넘은 것처럼 보이기도 했다. 그는 품위 있는 걸음걸이로 방으로 들어서더니 몽테크리스토 백작을 향해 걸어왔다. 몽테크리스토 백작은 그 자리에서 선 채로 모르세르 백작이 다가오는 것을 지켜보고 있었다. 그의 얼굴에 가벼운 경련이 이는 것을 모르세르 백작도 알베르도 눈치채지 못했다.

청년이 모르세르 백작에게 말했다.

"아버지, 몽테크리스토 백작을 소개해드리겠습니다. 이분이 바로 제가 곤경에 빠졌을 때 제게 친절을 베풀어주셨던 분입니다."

모르세르 백작은 미소를 띠고 몽테크리스토 백작에게 인사하며 말했다.

"와주셔서 반갑습니다. 저희 집 유일한 상속자를 구해주셨다니……. 그 은혜에 대해 저희 가문은 영원히 감사를 드리게 될 것입니다."

그는 몽테크리스토 백작에게 앉으라고 권한 뒤, 자기도 창쪽을 향한 의자에 앉았다. 모르세르 백작이 다시 말했다.

"제 집사람은 화장을 하고 있으니 이제 곧 내려올 겁니다."

몽테크리스토 백작이 화답했다.

"파리에 도착하자마자 이렇게 국가에 큰 공을 세우신 분을 뵙게 되어 영광입니다. 백작께서는 더 큰 공을 세우셔서 국가의 원수가 되실 분이 아닙니까?

"과분하신 말씀을……. 게다가 저는 이미 군을 떠났습니다. 사실 직계 임금께서 왕위에 계셨으면 군에 남아 더 큰 공을 세울 기회가 있었겠지요. 그런데 7월 혁명이라는 놈이 모든 것을 다 뒤집어버렸습니다. 제가 이전에 세운 공로도 다 묻혀버린 거지요. 그래서 칼을 버리고 정계에 뛰어들었습니다. 지금은 산업에 투신하여 기술 부문 연구를 하고 있습니다."

"정말 대단하십니다. 백자 같은 분들 덕분에 프랑스가 부강할 수 있는 것이지요. 더욱이 그토록 훌륭한 가문에서 태어나셨으면서 일개 병사로 출발하시다니, 정말 쉬운 결심이 아니지요. 그렇게 출발해서 장군이 되시고, 프랑스 귀족이 되시고 레지옹 도뇌르 2급 훈장까지 받으시다니. 게다가 인류의 미래를 위한 일을 새로 시작하시다니……. 정말로 훌륭하십니다. 아니, 그 이상입니다. 정말 숭고한 일이라고 생각합니다."

몽테크리스토가 아버지를 칭송하는 말을 듣고 알베르는 기분이 좋았지만 실은 크게 놀랐다. 백작이 그토록 무언가에 대해 감탄하는 것을 본 적이 결코 없었기 때문이었다.

그러자 모르세르 백작이 말했다.

"암튼, 저희 프랑스에 잘 오셨습니다. 제가 저희 프랑스 의회 모습을 백작께 보여드리고 싶습니다. 오늘 원로원 의원 회의가 2시에 시작해서 지금 열리고 있습니다. 함께 가주시면 영광이겠습니다."

"감사합니다만, 다음 기회로 미루고 싶습니다. 이렇게 찾아온 김에 오늘은 백작 부인께 인사를 드리고 싶습니다."

그때 "아, 어머니가 오시네요"라고 알베르가 소리쳤다.

몽테크리스토 백작은 몸을 홱 돌렸다. 모르세르 백작이 들어온 곳과는 반대되는 곳 문 입구에 백작 부인이 서 있는 것이 보였다. 부인은 몽테크리스토 백작이 자기 쪽으로 몸을 돌리자 갑자기 얼굴빛이 창백해졌다. 부인은 조금 전부터 방에 들어서서 이탈리아 손님의 말을 듣고 있었던 것이다.

백작이 자리에서 일어나 부인에게 정중하게 인사를 보내자 부인도 말없이 답례했다.

"아니, 당신 왜 그러지?" 하고 모르세르 백작이 물었다.

알베르도 어머니에게 다가가며 "어머니, 어디 편찮으세

요?"라고 물었다.

여자는 미소를 띠며 두 사람에게 대답했다.

"아니에요. 너무나 큰 은혜를 베푼 분을 뵙는다고 생각하니 저도 모르게 마음이 떨려서 그런 거예요."

몽테크리스토 백작이 다시 한 번 정중하게 허리를 굽혔다. 그의 얼굴빛은 부인보다 더 창백했다. 그가 호흡을 가다듬고 말했다.

"부인, 별것도 아닌 일로 두 분께서 너무 과한 치하를 해주시는군요. 사람으로서 마땅히 해야 할 도리를 했을 뿐인데요."

다시 평온을 찾은 부인은 예의에 가득 찬 백작의 말에 가라앉은 목소리로 말했다.

"제 아들이 당신과 같은 분을 친구로 모실 수 있게 된 것이 얼마나 다행인지 모르겠습니다. 그런 기회를 허락해주신 하느님께 감사드립니다."

그때 모르세르 백작이 자리에서 일어서며 말했다.

"여보, 나는 이제 자리를 떠야겠소. 백작께 미리 말씀드렸소, 2시부터 원로원 회의인데 지금 3시니까 가보아야겠소. 내가 연설하게 되어 있어서……."

부인이 떨리는 목소리로 말했다.

"어서 염려 말고 가보세요. 손님 접대는 제가 잘해드리고 있을게요."

그리고 이번에는 몽테크리스토 백작에게 말했다.

"오늘 오후 저희와 함께 지내시지요."

그러자 몽테크리스토 백작이 말했다.

"저는 아직 제 거처에도 가보지 못해서 신경이 쓰이는군요. 별로 신경 쓸 일은 없겠지만 그래도 한번 둘러보긴 해야 할 것 같습니다."

"그러면 다음 기회에는 꼭 그래주시겠다고 약속해주시겠어요?"

몽테크리스토 백작은 받아들이겠다는 듯 아무 말 없이 몸을 굽혔다. 승낙하는 것 같은 태도였다.

그는 알베르에게 나중에 자기 집으로 초대하겠다며 밖으로 나갔다. 부인만 방에 남겨둔 채 알베르도 뒤따라 나갔다. 밖으로 나가보니 이미 화려한 마차가 기다리고 있었다. 그리고 마차에는 파리에서 가장 값비싸고 훌륭한 말이 매어 있었다. 백작이 마차 안으로 들어가자 마차가 출발했다. 백작은 모르세르 부인이 서 있는 객실의 커튼이 눈에 띄지 않을 정도로 가늘게 떨리고 있음을 놓치지 않고 지켜보았다.

당글라르와 빌포르를 만나다

이튿날 오후 2시쯤이었다. 몽테크리스토의 백작 저택 앞에 훌륭한 두 마리의 영국 말이 끄는 마차 한 대가 멈추었다. 푸른 연미복을 입은 신사가 마차에 타고 있었다. 나이가 쉰다섯쯤 되어 보였다. 그는 마부에게 몽테크리스토 백작이 집에 계신지 물어보고 오라고 말했다.

마부가 떠나자 그는 눈을 빛내며 집과 그 안에서 왔다갔다 하는 하인들을 살펴보았다. 교활한 눈빛이었다. 입술이 지나칠 정도로 얇은데다 광대뼈도 툭 튀어나온 것이 한눈에도 교활한 성품이 드러나 있었다. 거창한 머리 모양에, 셔츠에는 거대한 다이아몬드를 달고 있어 신분이 대단한 사람처럼 보였지만 천박한 얼굴은 감출 수 없었다.

얼마 후 마부가 돌아왔다.

"안 계신답니다."

"당글라르 남작이라고 분명히 전했나?"

"네, 여부가 있습니까요."

"그래? 내게서 받을 돈이 있다고 했으니 제가 나를 찾으러 나서겠지. 자, 의사당으로 가자."

마차가 떠나자 창문 블라인드를 통해 당글라르의 모습을 망원경으로 바라보고 있던 몽테크리스토 백작이 중얼거렸다.

'정말 추악한 인간. 저 생김새하고는……'

잠시 후 그가 "베르투치오" 하고 소리쳤다. 그러자 베르투치오가 즉시 나타났다.

"부르셨습니까?"

"자네, 조금 전에 우리 집 앞에 서 있던 마차 봤지?"

"네, 보았습니다. 아주 훌륭한 말들이더군요."

"그렇지? 그게 문제야. 내가 파리에서 제일가는 말을 구하라고 하지 않았나? 그런데 어떻게 그 말들이 우리 마구간에 있지 않고 다른 마차를 끌고 있지?"

베르투치오가 대답했다.

"그 말은 파는 게 아니었습니다."

"어허, 아직도 그런 소리를 할 정도로 어리석은가? 돈을 지불할 수 있으면 모든 게 다 살 수 있는 상품인 거야."

"그건 당글라르 씨가 한 필에 만 6,000프랑씩 주고 구입한 말입니다."

"그럼 두 배를 주고 사들여. 그 사람 은행가야. 돈 되는 일은 다 하는 자야. 오늘 밤 내가 어디 좀 다녀올 일이 있는데, 어서 저 말 두 필을 내 마차에 매어놓도록 하게. 마구들은 전부 바꾸어놓고. 5시에 출발할 거야."

이윽고 5시가 되었다. 백작은 종을 세 번 울려 집사를 불렀다. 한 번은 노예 알리를, 두 번은 시종을, 세 번은 집사를 부르는 신호였다.

"말은?"

"마차에 매어놓았습니다."

"잘했어."

백작이 아래로 내려와보니 아침에 당글라르의 마차를 끌던 말들은 이미 그의 마차에 매어 있었다.

베르투치오가 백작에게 물었다.

"그런데 어디에 다녀오실 건가요?"

"쇼세당탱 가 당글라르 남작 댁이라네."

마차에 오르려던 백작이 잠깐 멈추더니 베르투치오에게 말했다.

"내가 노르망디에 땅이 좀 필요한데 사놓도록 하게. 르아브르와 불로뉴 사이면 될 거야. 그 사이에 작은 항구가 있으면 돼. 그런 곳을 찾게 되면 자네 명의로 바로 계약을 하도록 해. 배는 지금 페캉을 향하고 있겠지?"

"저희가 마르세유를 떠나는 날 밤, 바로 출항하는 것을 제가 확인했습니다."

"그리고 요트는?"

"마르티그에 그대로 있으라고 했습니다."

"좋아, 배와 요트 선장들과 수시로 연락을 취하도록 하게. 샤롱에 있는 기선도 마찬가지로 자주 연락하고. 그리고 땅을 사게 되면 북프랑스와 남프랑스 사이 가도에 10리마다 말을 대기시켜놓도록 해."

말을 마친 백작은 마차에 뛰어올랐다. 마차는 금방 은행가의 집 앞에 도착했다.

당글라르는 철도 건설에 대한 회의를 주도하고 있었다. 회의가 끝나갈 무렵, 몽테크리스토 백작이 방문했다는 전갈이 왔다. 그 말을 듣고 그는 일어서서 그곳에 있던 사람들에게 말했다. 그들 중에는 상원과 하원의 의원들도 있었다.

"저는 잠깐 실례해야겠습니다. 로마의 톰슨 앤드 프렌치 상사에서 몽테크리스토 백작이라는 사람에게 무제한 신용대출을 해도 좋다는 연락을 해왔습니다. 이런 농담 같은 이야기를 해온 거래처는 처음 봤습니다. 그래서 더 호기심이 생깁니다. 제가 한번 집을 방문해보았더니 집은 그럴듯하더군요. 암튼 한번 만나봐야겠습니다."

남작은 손님들 곁을 떠나 화려하게 장식된 응접실로 들어섰다. 방으로 들어서니 장식들을 보고 있던 백작이 몸을 돌렸다. 당글라르는 백작에게 의자를 권하고 자기도 앉았다.

"몽테크리스토 씨이십니까?"

"댁이 하원의원이시며 레지옹 도뇌르 훈장을 받은 당글라르 남작이십니까?"

몽테크리스토 백작은 일부러 당글라르의 명함에 적힌 칭호를 그대로 되뇌었다. 당글라르의 무례한 호칭에 대해 반격을 가한 것이었다. 당글라르는 뜻밖의 반격을 받고 입술을 깨물었다.

"제가 큰 실수를 했습니다. 작위를 붙이지 않고 말씀드린 것, 용서 바랍니다. 하지만 아시다시피 민주정치 시대가 된데다, 저는 민중의 대변자라서……."

"아, 이해합니다. 저는 그것도 모르고 명함에 적힌 대로 불렀으니……. 저는 남작께서 남들도 신분대로 부르는 줄로만 알았습니다."

당글라르는 또 한 대 맞았다고 생각하며 다시 입술을 깨물었다. 그는 얼른 화제를 바꾸었다.

"그런데 백작, 제가 톰슨 앤드 프렌치 상사에서 통지를 받았는데요. 제가 그 편지 내용을 잘 이해할 수가 없어서……. 가만 편지가 어디 있더라?" 당글라르는 주머니를 뒤지더니 편지를 꺼냈다.

"아, 여기 있군요. 그런데 그 내용이 잘 이해가 되지를 않아서. 이 편지대로라면 제 은행에서 백작께 무제한 대출을 해드리라고 되어 있어서요."

"말씀하신 대로입니다. 그런데 뭐가 애매하다는 거지요? 문장이나 문법이 틀렸나요? 하긴 영국계 독일인이 쓴 편지이긴 합니다만."

"아니, 그게 아니라, 장부 기록이……."

"아, 지불 보증해준 톰슨 앤드 프렌치 상사가 그렇게 믿을 만한 데가 아니라는 말씀이군요. 그렇다면 큰일이네요. 내가 그 상사에 돈을 꽤 많이 넣어두었는데……."

"아니, 그 말이 아니라, 무제한이라는 말은 금융계에서는 잘 쓰지 않는 말이라서……. 너무 막연한 말이거든요."

"아, 알겠습니다. 톰슨 앤 프렌치 상사와는 운영 스타일이 다르다는 말씀이로군요. 거긴 금액 같은 건 문제 삼지도 않는데 당글라르 씨께서는 거래에 한도를 둔다, 그런 말씀이로군요. 신중하신 분이니까, 당신 능력 밖의 돈을 빌려주는 거래는 안 하겠다 이거로군요."

"백작, 제 금고의 돈이 얼마인가 계산해본 사람은 아직 없을 겁니다."

"그러시겠지요. 어쨌든 이런 경우가 처음이라는 말이군요. 망설이시는 것을 봐서는……."

당글라르는 또 한 대 얻어맞은 셈이 되었다. 그는 상대방의 기를 꺾어야겠다고 생각했다. 그는 안락의자에 기대며 미소를 띠고 말했다.

"그렇다면 제 은행에서 대출받으실 금액을 말씀해보시지요. 아무리 큰 금액도 응할 수 있습니다. 한 100만 프랑을 원하시는 겁니까?"

그러자 백작이 말했다.

"100만 프랑이요? 그걸로 뭘 하게요? 농담은 거두시지요. 겨우 100만 프랑쯤 원하는 거라면 무엇 하러 대출을 부탁하겠습니까? 그 정도 금액은 언제나 제 지갑이나 여행용 가방에 넣고 다닙니다."

말을 마친 후 백작은 명함 수첩에서 국립은행 발행의 50만 프랑짜리 자기앞수표 두 장을 꺼냈다. 당글라르는 몸이 후들후들 떨리며 현기증이 났다. 그는 얼떨떨한 표정으로 상대방을 바라보았다.

몽테크리스토 백작이 쉬지 않고 말했다.

"망설이시는 걸 보니 톰슨 앤 프렌치 상사를 믿지 못하겠다는 거군요. 좋습니다. 다른 곳으로 가봐야지. 제게는 당신에게 보낸 것과 똑같은 편지가 두 통이 더 있으니까요. 한 통은 빈의 레슈타인 운트 에스코레스에서 로스차일드 남작에게 보낸 거고, 다른 하나는 런던의 바링 상사가 라피트 씨에게 보낸 겁니다. 그 둘 중 어디든 가면 되니까요."

그 말 한 마디로 승부는 끝난 셈이었다. 그는 백작이 손가락 끝으로 내민 편지를 떨리는 손으로 받아들고 서명을 확인했다. 틀림없었다.

당글라르는 황급히 몸을 일으키며 말했다. 황금과 권력의 화신을 앞에 두고 그냥 앉아 있을 수 없었던 것이다.

"아이고 대단하십니다. 이 서명은 모두 수백만 프랑의 가치가 있는 것입니다. 무제한 대출을 세 군데 은행에서 받으실 수 있다니! 지금 얼마나 필요하신지 말씀해주시지요."

"한 600만 프랑이면 어떨까요?"

"600만이라! 좋습니다." 당글라르는 숨이 막히는 것 같은 기분을 느끼며 말했다.

"우선은 그 정도로 하고 더 필요할 경우엔 말씀드리기로 하겠습니다. 하지만 제가 프랑스에는 1년 정도 있을 예정이니 그 이상은 필요할 것 같지 않습니다. 우선 내일 정오까지

500만 프랑을 보내주십시오. 제가 집에 없으면 집사가 영수증을 전해줄 겁니다."

"내일 아침 10시에 댁으로 보내드리지요. 그런데 금화로 드릴까요? 아니면 지폐나 은화로?"

"금화와 지폐를 반씩 보내주십시오."

말을 마친 백작이 자리에서 일어서자 당글라르가 말했다.

"백작님은 정말 대단한 재벌이시군요. 저는 유럽의 대재벌들은 다 알고 있다고 생각하고 있었는데, 백작님을 모르고 있었다니……. 실례가 안 된다면 재산을 최근에 마련하신 것인지 여쭤보고 싶습니다."

"아니죠, 아주 오래된 재산입니다. 하지만 가문 대대로 내려오던 보물이라 손댈 수가 없었을 뿐이지요. 그사이 이자가 이자를 낳아 재산이 여러 곱절로 불었고 유언한 분이 정한 기간이 2~3년 전에 끝난 겁니다. 그러니까 제가 그 돈을 만진 것도 불과 몇 해 안 되었습니다. 남작께서 모르시는 게 당연하지요."

"이렇게 백작을 알게 된 게 영광인데……. 백작께서 허락해주신다면 오늘 제 처를 소개해드리고 싶습니다. 너무 서두르는 것 같지만 백작이 마치 제 식구 같다는 생각이 들어서요."

몽테크리스토 백작이 받아들인다는 표시를 하자 당글라르가 벨을 눌렀다. 하인이 나타나자 당글라르는 마님이 계시냐고 물었다. 그러자 하인이 대답했다.

"네, 손님과 함께 계십니다."

"손님이? 백작, 괜찮으시겠습니까?"

백작이 상관없다는 몸짓을 하자 당글라르가 말했다.

"마님이 누구와 계신가? 드브레 씨인가?"

드브레라는 이름을 듣자 백작은 속으로 웃었다. 그는 이미 당글라르 가정의 비밀을 꿰차고 있었기 때문이다. 독자들은 백작이 왜 속으로 웃었는지 궁금할 것이다. 하지만 나중에 저절로 알게 될 것이니 지금은 좀 참아주기 바란다.

하인이 당글라르의 말에 대답했다.

"네, 드브레 씨입니다."

당글라르는 고개를 끄덕인 후 하인에게 말했다.

"마님께 몽테크리스토 백작과 곧 찾아간다고 전해라." 그런 후 몽테크리스토 쪽을 보고 말했다.

"뤼시앵 드브레 씨는 내무대신 비서관 일을 하고 있는 사람

입니다. 오래전부터 저희 집안과 친구로 지내고 있지요. 제 처
는 육군 대령 드 나르곤 후작의 미망인입니다."

"아, 드브레 씨요? 전에 만난 일이 있습니다. 알베르 드 모
르세르 자작 댁에서요."

그들은 그런 이야기를 나누며 당글라르의 아내 방을 향해
걸음을 옮겼다.

당글라르 부인은 나이가 서른여섯인데도 아직 눈부시게 아
름다웠다. 뤼시앵 드브레는 탁자 앞에 앉아 그 무언가를 읽고
있었다. 드브레는 백작이 들어오기 전에 그녀에게 이미 그에
대한 이야기를 충분히 해주었다. 그녀는 또한 이미 알베르에
게서 몽테크리스토 백작의 이야기를 들은 바 있었다. 백작에
대한 그녀의 호기심은 극에 달해 있었다. 그녀는 미소를 띠고
당글라르와 백작을 맞았다. 백작과 이미 안면이 있던 드브레
도 백작에게 친숙하게 인사했다.

당글라르가 아내에게 말했다.

"여보, 몽테크리스토 백작이시오. 파리에 1년 머물 예정으
로 오셨는데 그사이 600만 프랑을 쓰실 예정이라오. 백작이

앞으로 매일 밤 무도회나 만찬회를 열어주실 것 같소."

이어서 그는 백작을 보고 말했다.

"백작, 제 집에서도 조촐하나마 연회가 있기만 하면 백작을 반드시 초대하겠습니다. 그러니 백작이 연회를 열 때마다 우리를 잊지 말아주시기 바랍니다."

당글라르 부인은 흥미로운 눈빛으로 백작을 바라보았다. 당글라르 부인과 백작은 몇 마디 인사말을 주고받았다.

그때였다. 당글라르 부인의 시녀가 들어와 부인에게 무언가 귓속말을 했다. 그러자 당글라르 부인의 안색이 변하더니 "설마, 그럴 리가!"라고 낮게 소리쳤다. 시녀가 정말이라고 대답하자 부인은 남편을 보고 말했다.

"아니, 당신, 그게 정말이에요?"

"뭐가?"

"마부가 마구간으로 가보니 내 말 두 마리가 없더래요. 그 점박이 말들 말이에요. 도대체 어떻게 된 거예요? 내일 내 마차를 빌포르 부인이 보아로 갈 때 빌려주기로 약속했단 말이에요. 그런데 갑자기 그 말들이 없어지다니, 이런 치사한 인간! 몇천 프랑 벌려고 팔아버린 게 분명해. 그저 투기에만 눈이 벌게진 인간!"

그러자 당글라르가 말했다.

"여보, 그 말들은 당신이 타기에는 너무 기운이 넘쳐. 이제 겨우 네 살이잖아. 당신이 그 말들이 모는 마차를 탈 때마다 불안하더라고. 내가 비슷한 말을 구해볼게. 더 좋은 말이 있으면 그걸 사지."

이어서 당글라르는 백작을 보고 말했다.

"정말 백작에게 권하면 딱 좋은 말들인데…… 백작을 좀 더 일찍 알았더라면…… 우리 집 사람보다는 젊은이들에게나 어울릴 수 있는 말들이라 빨리 치워버리고 싶어 아주 거저 넘긴 셈입니다."

그러자 백작이 말했다.

"그러게 말입니다. 좀 아쉽게 되었네요. 드브레 씨, 말에 대해서 잘 아시지요? 제 말들을 좀 봐주시겠습니까? 오늘 아침 집사에게 말해서 좋은 값에 좋은 말을 샀거든요."

드브레가 창가로 가는 동안 당글라르는 아내 곁으로 가서 속삭였다.

"여보, 진정하라고. 어떤 미친놈인지 몰라도 오늘 턱없이 비싼 값에 내 말을 사갔단 말이오. 그 덕분에 만 6,000프랑이나 벌었으니 그 얼굴 좀 펴라고."

하지만 당글라르 부인은 무서운 눈으로 남편을 노려볼 뿐이었다.

그때였다. 드브레가 소리를 질렀다.

"아니, 이럴 수가! 부인, 백작 마차에 부인의 말이! 부인, 저건 틀림없이 부인 말이에요."

부인이 창가로 달려가 밖을 내다보았다.

"맙소사! 정말 제 말이네요."

당글라르는 당황할 수밖에 없었다. 당글라르 부인의 얼굴은 일그러질 대로 일그러져 있었다. 드브레와 백작은 다가올 부부싸움을 예견하며 은근슬쩍 자리에서 물러났다. 백작은 인사를 하는 둥 마는 둥 마차를 타고 집으로 돌아왔다.

그로부터 두 시간 정도 지났을 때다. 당글라르 부인은 몽테크리스토 백작이 보낸 편지를 읽고 있었다. 아주 다정한 내용이었다. 파리 사교계에 첫발을 딛자마자 부인의 마음을 상하게 해서 죄송하다는 것, 사죄의 뜻으로 말을 돌려드릴 테니 받아달라는 내용이었다. 물론 말도 함께 보냈다. 부인이 말에 다가가 보니 말 귀에 장식된 장미꽃마다 다이아몬드가 하나씩 박혀 있었다.

비슷한 시각, 당글라르 역시 백작으로부터 편지를 받았다. 백만장자인 척하는 것을 용서해달라, 여기 방식이 아니라 동양식으로 말을 돌려보낸 것도 너그럽게 봐달라는 내용이었다.

그날 밤, 백작은 알리를 데리고 오퇴유로 갔다. 그는 그곳에도 별장을 하나 사두었다. 다 이유가 있었다. 그 이유가 무엇인지, 그 집이 누구 소유였는지, 미안하지만 독자 여러분은 나중에 알게 될 것이다.

이튿날 새벽 3시경, 백작이 초인종으로 알리를 불렀다.

"알리, 너 올가미를 던지는 재주가 있다고 했지? 호랑이도 잡을 수 있나?"

알리가 고개를 끄덕였다.

"그럼 아무리 사납게 달리는 말이라도 잡을 수 있겠군."

알리는 빙그레 웃었다.

"자, 들어봐라. 조금 있으면 마차가 한 대 저 거리로 지나갈 거야. 어제 내가 샀던 말들이 끄는 마차야. 무슨 수를 써서라도 그 마차를 우리 집 문 앞에서 멈출 수 있게 하도록."

알리는 거리로 내려가 집과 거리 모퉁이 사이 돌 위에 앉더니 파이프를 피워 물었다.

5시쯤 되자 마차 바퀴 굴러가는 소리가 들리는가 싶더니 어느새 가까이서 벼락같은 소리가 났다. 그리고 무시무시한 소리와 함께 마차 한 대가 나타났다. 마차들이 미친 듯 날뛰고 있었고 마부는 속수무책이었다. 마차 안에는 예닐곱 된 사내아이를 꼭 껴안은 부인이 한 명 타고 있었다. 그녀는 너무나 무서워 거의 정신을 잃다시피 하고 있었다. 마차 바퀴 사이에 돌 하나만 끼어도 마차는 산산조각이 날 형편이었다.

알리는 파이프를 돌 위에 내려놓더니 주머니에서 밧줄을 꺼내 말을 향해 던졌다. 밧줄은 정확히 왼쪽 말의 앞다리를 휘감았고 말은 서너 발 질질 끌려가다가 그대로 푹 고꾸라졌다. 그러자 알리는 재빨리 마차로 다가가 나머지 말의 얼굴을 손으로 잡아챘다. 말을 히힝 소리를 내며 이미 쓰러져 있던 말 옆에 넘어졌다. 그야말로 순식간에 벌어진 일이었다.

그런 일이 벌어지는 순간, 집 안에서 그 모습을 보고 있던 몽테크리스토 백작이 하인들을 거느리고 달려 나왔다. 그는 마차 문을 열고 그 안에 있던 부인을 안아 내렸다. 부인은 한 손으로는 마차 안의 쿠션을 꽉 움켜잡은 채 나머지 한 손으로는 기절한 아들을 가슴에 꼭 끌어안고 있었다. 백작은 부인과 아이를 안고 응접실로 간 후 소파 위에 눕혔다.

겨우 정신이 든 부인은 아직 깨어나지 않은 아들이 걱정이었다. 그녀는 아들을 보며 눈물을 흘렸다. 백작은 부인에게 안심하라며 작은 상자를 하나 가져와 열었다. 그리고 그 속에서 금박을 한 크리스털 병을 하나 꺼냈다. 병 속에는 핏빛처럼 빨간 액체가 들어 있었다. 백작은 그 액체를 한 방울 아이의 입에 떨어뜨렸다. 그러자 아이가 곧바로 눈을 떴다.

아이가 깨어나자 부인은 겨우 제정신을 차리고 몽테크리스토 백작에게 감사의 표시를 했다. 백작이 자기 이름을 말하자 부인이 말했다.

"아니, 당신이 바로 몽테크리스토 백작? 어제 당글라르 남작 부인이 그토록 열심히 이야기하던 바로 그분?"

"그렇습니다, 부인."

"전 빌포르 부인입니다. 제 남편이 정말 고마워하실 거예요. 이렇게 저와 아들의 목숨을 구해주셨으니."

부인은 무한히 감사하며 집으로 돌아갔다. 알리가 마차를 몰았다.

그날 오퇴유에서 있었던 그 사건은 온통 장안의 화제가 되었다. 모두들 그 이야기를 입에 떠올렸으며 보샹은 신문 가십 난에 스무 줄가량의 기사로 그 사건과 백작을 소개했다.

바로 그날 밤, 빌포르 검사를 태운 마차가 거리를 달리더니 바로 샹젤리제 30번지 저택 앞에서 멈추었다. 빌포르 검사가 직접 몽테크리스토 백작을 찾은 것이다.

빌포프가 그 누군가를 직접 방문한다는 것은 파리 사교계에서는 대단한 사건이었다. 빌포르는 좀처럼 그 누군가를 찾지 않았고 누군가가 그를 찾아오는 일도 드물었다. 부득이 누군가를 방문해야 할 경우라도 대개 아내가 대신했다. 그가 검사라서가 아니었다. 그의 오만함과 귀족주의 정신에서 비롯된 것이었다. 그는 '스스로 값나가는 사람이 되어라. 그러면 남들도 그 가치를 존중할 것이다'라는 신조를 지키고 살았다.

그는 무도회를 개최했지만 정작 그 자리에는 15분 이상 머물지 않았으며 극장이든 음악회든 일반인이 모이는 장소에는 얼굴을 보이지 않았다. 그런 인물이 몽테크리스토 백작 건물 앞에 마차를 멈춘 것이다.

빌포르는 마치 법정에라도 들어서는 것처럼 엄숙한 걸음으로 집 안에 들어섰다. 옛날 마르세유에서 검사 대리로 있을 때보다 나이가 들어 얼굴색이 조금 누렇게 되었고 몸이 좀 야위었을 뿐 행동거지는 그대로였다. 그는 온통 검은 옷에 흰 넥타이를 하고 있었다.

백작은 일어나서 인사했다. 아무리 감추려 해도 상대방에 대한 관심의 눈빛이 역력히 드러나 있었다. 빌포르는 무심한 눈빛이었다. 그는 이 외국인을 『아라비안나이트』의 술탄처럼 생각하지 않았다. 모든 사람을 의심하는 그에게 이 외국인도 새로운 일거리를 찾아 파리를 찾아온 사기꾼이거나 전과자처럼 보일 뿐이었다.

빌포르는 마치 법정에 선 사법관의 말투로 백작에게 이렇게 말했다.

"어제 저의 집사람과 자식에게 베풀어주신 은덕에 감사드립니다. 감사의 뜻을 전하는 것이 제 도리이며 의무이기 때문에 이렇게 찾아오게 되었습니다."

그러자 백작이 얼음장처럼 냉정하게 대답했다.

"저는 당연한 일을 했을 뿐입니다. 아드님의 목숨을 구해드리게 된 것은 저로서는 행운이기도 합니다. 그런 기회는 자주 오는 게 아니니까요. 이렇게 인사를 오실 필요까지는 없었습니다. 저로서는 분에 넘치는 영광입니다. 제가 듣기로는 빌포르 검사께서는 좀처럼 남을 방문하지 않으신다던데, 이렇게까지 몸소 찾아주셨으니 더욱 그렇습니다. 제겐 정말 명예스러운 일이며 기쁜 일입니다."

전혀 뜻하지 않은 백작의 이러한 태도에 빌포르는 크게 놀랐다. 교양 없는 사람이라고 지레 생각하고 깔보고 있다가 한 대 맞은 것이다. 그는 할 말을 잊고 사방을 둘러보았다. 그는 아까 방으로 들어올 때 백작이 들여다보고 있던 지도에 눈길을 주면서 말했다. 무언가 다른 이야깃거리를 찾은 것이다.

"지도를 보고 계셨군요? 흥미로운 분야이지요. 특히 선생처럼 수많은 나라를 여행하셨다는 분에게는 더욱 그렇지요."

"그렇습니다. 특히 저는 당신 같은 분이 개개인에 대해 하는 인간성 연구를 전 인류를 향해 넓히고 싶습니다. 자, 우선 자리를 잡으시지요."

백작이 손으로 안락의자를 가리켰다. 검사는 손수 그 의자를 끌어내어 앉았다. 빌포르는 상대방이 만만치 않은 적수임을 알고 정신을 모아 말했다.

"말씀이 철학적이시네요. 하지만 제가 당신처럼 한가한 처지라면 좀 더 재미있고 의미 있는 일을 하려고 할 겁니다."

"말씀 잘하셨습니다. 제가 아무 일도 안 하는 것처럼 보인다는 말씀이로군요? 그렇다면 제가 빌포르 씨께 묻겠습니다. 빌포르 씨는 무언가 일을 하고 계신가요? 아니, 좀 더 정확히 묻겠습니다. 빌포르 씨는, 지금 당신이 하고 계신 일이 과연, 그 무언가 하고 있다고 말할 정도의 가치가 있다고 생각하십니까?"

빌포르는 이 이상한 적수에게 또 한 번 된통 당했다는 생각이 들었다. 이제까지 자신에게 이런 비꼬는 소리를 한 사람은 아무도 없었다. 어쨌든 그는 대답을 해야만 했다.

"선생, 당신은 외국인입니다. 게다가 주로 동방에서 보내셨기에 형벌 체계가 너무 간단한 것만 보셨으니 이곳에서 사법 문제가 얼마나 신중하고 섬세하게 다루어지고 있는지 모르실 것입니다. 우리의 법전은 갈리아 풍속, 로마의 법전, 프랑스의 관습법에서 온 것입니다. 오랜 연구가 없이는 그에 대한 지식을 얻기는 힘들지요."

"그 점에는 동의합니다. 하지만 당신은 모든 것을 프랑스 법전의 눈으로만 보고 있지요. 하지만 저는 모든 것을 각 나라들의 법전들을 다 참고해서 봅니다. 당신도 대단한 일을 하고 있는 셈입니다. 하지만 지금까지 제가 해온 일에 비한다면 별 것 아니라는 생각이 들어서 그렇게 말씀드린 겁니다. 감히 말씀드린다면 당신은 아직 배울 것이 많다는 이야기이지요."

점입가경이었다. 이야기를 나누면 나눌수록 빌포르는 상대방의 대담한 발언에 압도되는 기분이었는데, 이것은 그의 삶에서 처음 겪는 일이었다. 하지만 어쨌든 이야기는 이어가야 했다.

빌포르가 말했다.

"정말 죄송합니다. 이렇게 상식을 뛰어넘은 지식과 지혜를 갖춘 분을 뵙게 될 줄이야……. 그런 이야기를 제게 해준 사람은 당신이 처음입니다."

그러자 백작이 한층 더 놀라운 이야기를 했다.

"그건 당신이 언제나 상식이라는 것의 울타리 안에 갇혀 살

왔기 때문이지요. 신이 마련하신 더 높은 곳, 신께서 아주 예외적인 사람들의 거처로 보이지 않는 곳에 마련해주신 곳, 그곳으로 도약하려는 생각은 전혀 하지 않았기 때문이지요."

"그렇다면 당신은 그런 곳에 살고 있단 말씀입니까?"

"맞습니다. 저는 상식적인 사람이 아닙니다. 저는 특별한 사람들 중 한 사람입니다. 제 왕국은 이 세계만큼이나 넓지요. 보통 왕들의 왕국은 산이나 강에 의해, 또는 그 나라의 관습에 의해, 또는 언어에 의해 저마다 경계가 있기 마련이지요. 하지만 제 왕국은 경계가 없습니다. 저는 이탈리아 사람도 아니고 프랑스 사람도 아니며, 인도 사람도 아니요, 스페인 사람도 아니기 때문입니다. 저는 세계인입니다. 이 세상 어느 나라도 제가 그곳에서 태어난 사람이라고 확언할 수 없습니다. 또한 제가 어디서 죽을지 아무도 모릅니다. 오직 하느님만이 제가 죽을 곳을 아시고 계십니다.

저는 단 한 나라의 풍습에 젖어 있지도 않고 단 한 나라의 언어를 쓰지도 않습니다. 나는 모든 나라의 풍습에 익숙하고 모든 나라의 언어를 씁니다. 내가 프랑스어를 유창하게 하니까 당신은 나를 프랑스 사람으로 여길 수도 있을 것입니다. 그런데 제가 데리고 있는 누비아인 알리는 저를 아랍사람으로 압니다. 제 집사인 베르투치오는 저를 로마 사람으로 알고 있습니다. 저를 섬기는 여자 노예는 저를 그리스 사람인 줄 압니다. 이제 아시겠지요? 저는 그 어느 나라 사람도 아닙니다. 따라서 그 어느 나라 정부의 보호도 제게는 필요하지 않습니다. 따라서 그 어떤 나라의 법도 저를 어찌할 수 없습니다. 달리 말하면 제게는 무서운 게 없습니다.

제겐 단 두 가지 적수가 있을 뿐입니다. '거리'와 '시간'입니다. 그리고 가장 무서운 세 번째 적수가 있습니다. 바로 죽을 수밖에 없는 인간의 운명이지요. 제 목표를 달성하기 전에 그것을 저지할 수 있는 놈은 '죽음', 그놈밖에 없습니다. 다른 건 모두 예측할 수 있습니다. 그 죽음이 제게 찾아오지 않는 한 나는 언제나 지금의 저와 같을 것입니다.

그래서 저는 당신에게 아무에게서도 들어보지 못한 이야기를 할 수 있는 겁니다. 다른 사람들은 언제나 자기가 속한 사회조직 내에서 생각하고 활동하며 당신을 두려워하겠지요. '언제 내가 검사에게 걸려들지 알 게 뭐야'라며 조심하겠지요. 하지만 저는 당신이 두려울 이유가 없습니다."

"어떻게 그런 말을 하실 수 있지요? 당신이 프랑스에 살고 있는 한 어쩔 수 없이 프랑스 법률을 따라야 합니다."

몽테크리스토가 대답했다.

"알고 있습니다. 하지만 저는 어느 나라로 가기 전에 도움을 받아야 할 사람과 조심해야 할 사람을 미리 조사해둡니다. 저만의 방법이 다 있습니다. 그래서 어떤 의미로는 그들 본인들보다 그들에 대해 더 잘 알게 됩니다. 설사 내가 법적인 문제에 부딪치더라도 나를 만나게 될 검사는 아마 나보다 더 당황하게 될 겁니다. 그도 분명 무언가 범죄, 또는 잘못을 저질렀을 것이고, 내가 그 내막을 훤히 알고 있을 것이니까요."

빌포르는 이루 말할 수 없이 놀란 얼굴로 백작을 바라다보았다.

"백작, 당신께 당신의 양친이 누구이신지 물어봐도 되겠습니까?"

빌포르는 이제까지 이 낯선 남자를 '당신'이라는 호칭으로만 불러오다가 비로소 '백작'이라고 귀족 칭호를 붙이기 시작했다.

"부모님은 안 계십니다. 저는 이 세상에 혼자입니다."

“안됐군요”라고 빌포르가 용기를 내서 말했다.

“안됐다니 무슨 말입니까?”

“당신의 오만함이 꺾이는 경험을 하셨을 테니 말입니다. 죽음 밖에는 두려운 게 없다고 하셨잖습니까? 부모님의 죽음 앞에서 두려움을 느끼셨을 테지요.”

“제가 언제 죽음이 두렵다고 했나요? 죽음만이 내가 하고자 하는 일을 막을 수 있을 뿐이라고 했지요.”

“늙음이 목표를 좌절시킬 수도 있지 않겠습니까?”

“내 과업은 내가 늙기 전에 끝날 겁니다.”

“미치는 건 어떻습니까?”

“내가요? 내가 그 지경까지는 가지 않을 겁니다. 이런 격언이 있지요. ‘같은 범죄로 두 번 벌하지 않는다.’ 당신은 검찰이니 내가 무슨 말을 하는지 잘 이해할 수 있겠지요?”

빌포르는 자신이 이미 미친 적이 있었다고 말하는 상대를 빤히 쳐다본 후 다시 말했다.

“하지만 그런 것들 외에도 두려운 것들은 있습니다. 이를테면 중풍 같은 병이 있습니다. 바로 목숨을 잃지는 않지만 거의 죽은 목숨이나 다름없습니다. 그 병에 한번 걸리면 모든 게 끝장입니다. 저희 집에서 이런 대화를 계속하시고 싶으시면 한 번 방문해주십시오. 제 아버지 누아르티에 빌포르 씨를 소개해드리겠습니다. 아버지는 정력적인 분이셨습니다. 열렬한 자코뱅 당원이셨고 헌신적이고 대담무쌍한 분으로 유명했습니다. 스스로 운명의 주인이라고 말하던 분이었지요.

그러던 분이 단지 뇌혈관이 파괴되었다는 사실 하나로 모든 것이 끝장난 것입니다. 그것도 단 한순간에……. 그렇게 무섭던 누아르티에 씨가 한순간에 불쌍한 누아르티에 씨가 되었습니다. 이제는 몸도 못 가누면서 손녀 발랑틴이 시키는 대로 헤야 하는 신세기 되었습니다."

이야기를 들은 백작이 물었다.

"도대체 무슨 이야기를 하고 싶으신 건가요?"

"제 아버지는 인간적 정념 때문에 길을 잃었던 것이고 잘못을 범하신 겁니다. 인간적인 심판에서는 벗어날 수 있는 잘못이었는지 몰라도 결국 신의 심판을 피하지는 못하신 겁니다. 하느님이 한 인간을 본보기로 삼아 그분을 벌하신 겁니다."

몽테크리스토 백작의 입술에는 여전히 잔잔한 미소가 흐르고 있었다. 하지만 그의 가슴속에서는 무서운 분노가 일고 있었다. 저자의 입에서 하느님의 심판 이야기가 나올 수 있다니! 자기는 그 심판에서 벗어날 수 있다고 믿고 있다니!

"그럼 이만 실례하겠습니다"라고 빌포르가 말했다. 그는 오래전부터 이미 나갈 준비를 하고 일어나 있었다.

그가 작별 인사 대신 말했다.

"처음 뵙게 되었는데 많이 배우고 많이 놀랐습니다. 저에 대해 좀 더 아시게 된다면 저를 좋아하시게 될 겁니다. 백작만은 못할지 몰라도 저 역시 평범한 인간은 아니거든요. 더욱이 제 아내는 백작을 영원한 친구로 생각하고 있습니다."

빌포르가 떠나자 백작이 한숨을 푹 내쉬며 말했다.

"어휴, 독소를 너무 많이 마셨어. 빨리 뱉어내야겠어."

음모에는 음모로: 카발칸티 소령과 안드레아 카발칸티

                                            그사이 몽테크리스토 백작은 메레가
7번지를 방문했다. 모렐 가족을 방문한 것이다. 그는 그곳에
서 행복한 결혼 생활을 하고 있는 쥘리 모렐, 엠마뉘엘 부부
와 막시밀리앙 모렐을 만났다. 그들이 위기에 처했던 그날, 그
들을 구해준 지갑에 들었던 다이아몬드를 그들은 가보로 간
직하고 있었다. 그들의 화제는 당연히 위기의 순간에 그들을
도와준 영국인 이야기로 옮아갔다. 그들은 모두 그 은인에게
감사하며 그가 누구인지 알기를 간절히 바라고 있었다. 그런
데 몽테크리스토 백작은 막시밀리앙에게서 놀라운 소리를 들
었다. 막스밀리앙이 말했다.

"아버지께서는 기적이 일어난 거라고 말씀하셨습니다. 그 은인은 우리를 도우려고 무덤 속에서 나오셨다고 하셨습니다. 아버지께서는 당신이 사랑했던 친구, 하지만 이미 잃어버린 친구를 홀로 생각하시며 수없이 그 이름을 되뇌이시곤 하셨지요, 하지만 큰 소리로 입 밖에 내신 적은 없었습니다. 그런데 마지막 숨을 거두시면서 분명하게 말씀하셨습니다. '막시밀리앙, 그건 에드몽 당테스야'라고 말씀하시면서 돌아가신 거지요."

그 말을 들은 몽테크리스토 백작의 얼굴색이 변한 것은 물론이다. 그는 서둘러 그들과 작별하고 집을 나섰다. 그가 밖으로 나가자 쥘리가 혼잣말을 했다.

'저분 목소리가 어딘가 귀에 익어. 처음 듣는 목소리가 아닌 것 같아.'

한 가지만 더 이야기하자. 몽테크리스토 백작은 빌포르 씨 방문의 답례로 그의 집을 찾아갔다. 빌포르는 만찬에 가고 없었고 빌포르 부인이 백작을 맞았다. 몽테크리스토 백작은 그 집에서 빌포르의 딸 발랑틴도 만났다. 발랑틴은 열아홉 살 난,

키 크고 날씬한 처녀였다. 그녀는 빌포르와 지금은 고인이 된, 그의 전처 르네 사이에서 태어난 딸이었다. 밝은 밤색 머리에 푸른 눈의 소녀는 어머니를 꼭 닮은 것처럼 우아했다. 부모들은 그를 알베르의 친구 프란츠와 결혼시키려 하고 있었다. 우리가 로마에서 만났던, 케넬 장군의 아들 그 프란츠 말이다. 하지만 그녀는 막시밀리앙 모렐을 사랑하고 있었다. 막시밀리앙 모렐도 그녀를 너무 사랑한 나머지 군대도 제대한 상태였다. 우리는 그들의 사랑의 결말에 대해서는 나중에 자세히 알게 될 것이니 여기서는 이 정도로 그치기로 하자.

발랑틴이 밖으로 나가자 몽테크리스토 백작과 빌포르 부인은 독약에 대해 많은 이야기를 했다. 몽테크리스토 백작은 모든 분야에 박식했지만 그 분야에는 특히 전문가였다. 백작의 이야기를 감탄하면서 듣던 부인이 말했다.

"백작께선 정말 대화학자이십니다. 제 아들에게도 영약을 먹이신 적이 있지요? 그 약을 먹자마자 제 아들이 정신을 회복했던 그 약 말이에요."

"아, 부인. 그 약은 위험하기도 합니다. 한 방울만 아드님에게 마시게 했기에 다시 정신이 돌아온 거지요. 만일 세 방울만 마시더라도 피가 전부 폐로 몰리게 되고, 여섯 방울을 마시면 혼수상태에 빠집니다. 열 방울을 마시면 죽게 되지요. 약과 독은 그렇게 한 몸입니다."

빌포르 부인은 그 약의 처방을 알고 싶다고 했다. 자기가 신경질적이고 종종 기절하는 습성이 있으니 그 약이 정말 필요하다는 것이었다. 몽테크리스토 백작은 이튿날 그녀에게 처방을 보내주었다. 처방을 보내주면서 그는 중얼거렸다.

'생각했던 것보다 큰 성과를 거두었어. 땅이 좋으니 곧 뿌린 씨에서 싹이 돋아나겠군.'

며칠 후였다. 마차 한 대가 백작 집 문 앞에 멈추었다. 마차에서 쉰댓쯤 되어 보이는 남자가 내리자 마차는 사라졌다. 녹색 프록코트에 장화를 신고 장갑을 꼈으며 헌병을 연상시키는 모자를 쓰는 등, 요란하면서도 이상한 복장을 하고 있었다. 그는 곧 객실로 안내되었다.

백작은 그를 기다리고 있다가 웃으며 나와 그를 반겼다.

"어서 오시오. 기다리고 있었소."

"정말이십니까? 각하께서 저를 기다리고 계셨다고요?"

"물론이지요. 당신은 바르톨로메오 카발칸티 후작이 아니십니까?"

"바르톨로메오 카발칸티, 그렇지요. 제가 바로 그 카발칸티란 사람이지요."

"그렇게 말씀하시면 안 되지요. 당신은 카발칸티 후작입니다. 전에 오스트리아에서 소령으로 있었지요?"

"제가 소령이었나요?" 상대방은 쭈뼛쭈뼛하며 반문했다.

"그럼요, 소령이었지요. 당신은 저 친절하신 부소니 신부가 보낸 거지요?"

"네 그렇습니다. 여기 그분이 주신 편지가 있습니다."

백작은 편지를 건네받자 겉봉을 뜯고 내용을 읽었다.

카발칸티 소령은 루카의 귀족으로서 피렌체의 카발칸티 가의 후예로 연 수입 50만 프랑의 재산을 가지고 있으며

백작이 여기까지 읽자 상대방의 눈이 휘둥그레졌다.

"50만 프랑이오?"

"그렇습니다. 부소니 신부님은 유럽의 재산가들에 관해서는 손바닥 보듯 훤합니다."

"예, 예, 그렇게 알고 있겠습니다."

백작은 편지를 계속 읽었다.

다만 한 가지 그가 불행하게 여기는 게 있소. 사랑하는 아들을 잃어버린 것이오. 그는 아들을 찾기를 간절히 원하고 있소. 그의 아들은 가문에 원한을 품은 가정교사에 의해 어릴 때 유괴된 것으로 보이며, 이 사람이 15년이나 찾아 헤맸지만 소용이 없었소. 백작께서는 그의 아들을 찾아주시리라 생각되어 그를 백작에게 보내오.

편지를 읽은 백작이 그에게 말했다.

"좋습니다, 제가 찾아보겠습니다."

그러자 소령이 벌떡 일어났다.

"오, 오! 그렇다면 이 편지 내용이 정말 모두 사실이란 말입니까?"

"아니, 그걸 의심하고 계셨나요? 아, 여기 추신이 있네요.

이걸, 마저 읽지요."

백작은 추신을 읽었다.

> 카발칸티 소령 앞으로 2,000프랑의 어음을 여비로 보냅
> 니다. 또한 귀하가 제게 지불할 4만 8,000프랑을 그에게
> 대신 지급해주실 것을 요망합니다.

소령은 믿을 수 없다는 듯 눈을 굴리며 말했다.

"그러니까 이 추신도 받아들이시는 건가요?"

"그럼요, 바로 돈을 드리겠습니다."

백작이 벨을 울리자 하인 바티스탱이 나타났다. 백작이 그에게 눈으로 묻자 하인이 대답했다.

"젊은이도 저쪽 푸른 객실에 와 있습니다."

"알았어. 그럼 포도주와 비스킷을 가져오게."

하인이 포도주와 비스킷을 가져오자 백작은 그것을 소령에게 권한 후 마무리를 짓기 위해 그에게 말했다.

"그러니까 소령은 이탈리아 일류 가문의 규수와 결혼했는데 부인이 10년 전에 세상을 떠났지요. 이름이 올리바 코르시

나리이지요?”

소령이 반복했다.

“올리바 코르시나리, 그렇습니다.”

“그리고 아들 이름은 안드레아 카발칸티이고요. 적들이 가문의 대를 끊기 위해서 어릴 때 유괴해간 거지요. 부소니 신부님께서는 「결혼증명서」와 「출생증명서」도 챙겨주셨습니다. 모두 내게 있지요. 자, 이 서류를 가져가십시오. 이 서류를 보고 잊어버렸던 기억을 다 머릿속에 되살려놓기 바랍니다.”

“여부가 있습니까. 그 서류가 없어도 이미 머릿속에 다 넣어 놓았습니다.”

“자, 내가 마지막으로 깜짝 놀랄 선물 하나 드리지요. 실은 그 아드님이 지금 여기 와 있습니다. 그쪽도 오랜만에 아버지를 만나려면 마음의 준비를 해야 하니, 한 15분쯤 기다려주시지요. 제가 이 방으로 들여보내겠습니다.

한 가지 더 말씀드리지요. 리슐리외가에 있는 프랑스 호텔을 소령님 숙소로 미리 잡아두었습니다. 거기 트렁크가 있으니 그 안의 옷으로 갈아입으시기 바랍니다. 훈장 달린 군복이 들어 있을 겁니다. 지금 입고 계신 옷도 좋지만 파리에서는 이미 유행이 지난 거라서……. 그리고 여기 우선 8,000프랑이 있습니다. 받으시지요. 나머지 4만 프랑은 나중에 드리지요.”

소령은 너무 좋아 정신을 차릴 수 없을 지경이었다. 백작은, 그에게 상냥하게 인사한 후 밖으로 나갔다.

몽테크리스토 백작은 바로 옆방으로 들어갔다. 제법 옷을 우아하게 입은 늘씬한 청년이 백작을 기다리고 있었다. 소파에 앉아 지팡이 끝으로 장화를 툭툭 치고 있던 청년은, 백작이 들어서자 얼른 자리에서 일어났다.

백작이 그에게 말했다.

“안드레아 카발칸티 백작이십니까?”

그러자 그가 그렇다고 대답하며 거리낌 없는 태도로 마주 인사했다.

백작이 다시 물었다.

“제가 받을「소개장」을 가지고 오셨는지요?”

“네, 가져오긴 했는데 서명이 좀 이상해서요. 선원 신드바드라고 되어 있더군요.”

“이상할 것 없습니다. 돈이 아주 많은 제 친구로『아라비안나이트』에 나오는 사람의 후손입니다. 본명은 윌모어 경이라고 하지요."

"아, 그렇군요. 이제 모든 걸 알겠습니다. 바로 그 영국 사람이군요. 그러니까……. 에……. 그때……. 암튼, 뭐든 시키시는 대로 하겠습니다."

"그렇다면 정식으로 당신 소개를 해주시겠습니까?"

"아, 해드리고 말고요." 청년은 기억력에 자신 있다는 듯 말했다.

"백작님 말씀대로 저는 바르톨로메오 카발칸티 소령의 아들, 안드레아 카발칸티입니다. 아버지는 지금도 50만 프랑의 연금을 받고 있어 유복한 가정입니다. 그런데 저는 지금까지 수없는 불행을 겪었습니다. 어릴 때 못된 가정교사에게 유괴되어 15년 이상 아버지와 헤어져 있게 된 거지요. 그런데 신드바드 씨가 제게 편지를 보내서 아버지께서 파리에 계시다고 알려왔습니다. 그리고 그 편지에는 아버지를 만나려면 당신을 찾아뵈라고 씌어 있었습니다."

"애절한 사연이군요. 신드바드 씨의 말을 따르기를 잘하셨습니다. 정말로 아버지께서 당신을 기다리고 계십니다."

이제까지 침착함을 잃지 않고 있던 청년이 그 말에 펄쩍 뛰며 소리를 질렀다. 공포감이 얼굴에 나타났다.

"아버지가? 여기에서요?"

"그렇습니다. 아버지 바르톨로메오 소령 말입니다."

그러자 청년이 안도한 듯 한숨을 내쉬었다.

"아, 그렇지요. 저는 그분의 아들이지요. 그분이 여기 계시다는 말씀이지요?"

"그렇습니다. 제가 방금 만나 뵙고 가슴 아픈 사연을 들었습니다. 어느 날 유괴범들이 당신이 있는 곳을 알려주는 대신 어마어마한 돈을 내놓으라는 편지를 보냈다고 하더군요. 그래서 곧장 돈을 피에몬테 국경으로 보냈답니다.

저는 당신 이야기를 제 친구 윌모어 경으로부터 들었습니다. 그는 자선사업가입니다. 그는 사교계에서 잃어버린 당신의 위치를 찾아주고 당신 아버지도 꼭 찾아주고 싶다고 하더군요. 당신 아버님을 찾아낸 것도 그 친구입니다. 그리고 여기서 부자 상봉을 이루게 해주고 앞으로는 당신의 뒤를 제게 봐드리라고 부탁하더군요. 저는 그의 둘도 없는 친구니까 그의 부탁을 받아들일 겁니다. 다만 딱 한 가지 행동 방침을 세워주시기 바랍니다. 당신의 이익과 깊은 관련이 있으니 지켜주시리라 믿습니다. 실은 아주 간단합니다. '과거의 어두웠던 면은 모두 지운다.' 이거 하나입니다. 당신이 파리에서 지내는 동안 1년에 5만 프랑을 드릴 테니, 거기에 걸맞게 행동하셔야지요. 물론 당신 아버지가 드리는 겁니다."

백작의 말이 끝나자 청년이 물었다.

"저희 아버지께선 파리에 오래 계실 작정이신가요?"

"일 때문에 그렇게 오래 못 계실 겁니다. 며칠만 계실 겁니다. 자, 이렇게 시간을 지체할 게 아니라 빨리 아버지를 만나 뵈어야지요. 자, 객실로 들어가십시오. 당신을 기다리고 계십니다."

안드레아는 백작에게 정중히 인사하고 객실로 들어갔다. 백작은 그 뒷모습을 바라보다가 그가 눈에서 사라지자 벽에 걸린 액자를 옆으로 살짝 밀어냈다. 그러자 좁은 틈 사이로 객실 안이 들여다보였다.

안드레아는 객실로 들어가자 문을 닫고 소령 앞으로 걸어갔다. 소령은 발소리를 듣고 자리에서 일어났다.

"아, 아버지!" 안드레아가 큰 소리로 외쳤다.

"오, 너냐!" 소령이 장중한 목소리로 대답했다.

두 사람은 마치 무대 위의 배우처럼 얼싸안았다.

안드레아가 말했다.

"이제 다시는 헤어지고 싶지 않아요, 아버지. 파리에 계속 계실 거죠?"

"아냐, 난 루카로 돌아가야 해."

"그렇다면 제 신분을 증명할 서류들은 제게 주시고 떠나셔야죠. 이제 아버지를 찾은 이상 떳떳하게 지내고 싶어요."

소령이 몽테크리스토에게서 받은 서류를 보여주자 안드레아는 빼앗듯이 그것들을 움켜쥐더니 샅샅이 읽었다. 다 읽고 난 그는 기쁨에 찬 얼굴로 소령에게 말했다. 유창한 토스카나어였다.

"이탈리아에서는 죄를 막 지어도 징역을 살지 않는 모양이지요?"

소령이 깜짝 놀라 되물었다.

"그게 무슨 말이냐?"

"이런 서류를 위조해도 무사하냐 이 말입니다. 아버지, 여기서는 이거 비슷한 짓만 저질러도 감방에서 5년 이상 썩어야

합니다."

소령은 당황한 듯했지만 근엄한 표정을 잃지 않으려 애쓰면서 "도대체 무슨 소리를 하고 있는 거냐?"라고 물었다.

그러자 안드레아가 소령을 두 팔을 잡으며 말했다.

"카발칸티 씨, 이러지 말고 정직하게 말해보시지. 내 아버지 노릇하면서 얼마나 받은 거요? 내가 먼저 밝힐까요? 난 당신 아들 노릇하는 대가로 연 5만 프랑을 받기로 했소."

소령이 목소리를 낮추며 말했다.

"나는 일시불로 만 프랑을 받기로 했어."

"그 약속을 믿어도 될까요?"

"난 믿어. 이걸 보라고." 소령은 안주머니에서 금화를 한 움큼 꺼내 안드레아에게 보여주었다.

"좋아요, 그럼 우린 이제부터 우리 역할을 잘해내야겠네요."

"그렇지, 난 자네의 다정한 아버지 역할을 하고……."

"나는 당신의 착한 아들 역을 하고……."

"그래, 무언가 커다란 꿍꿍이가 있는 것 같긴 한데, 우리가 알 바는 아니지."

"맞아요. 우리 이제 한패가 되어 잘해보기로 해요."

"그러자. 아들아!"

"네, 아버지!"

그 순간 백작이 객실로 들어왔다. 백작의 발소리가 들리자 두 사람은 서로 덥석 끌어안았다. 그 모습을 보고는 백작이 말했다.

"어떻습니까, 후작! 기대하시던 모습 그대로인가요?"

"네, 말할 수 없이 가슴이 벅찹니다."

그러자 안드레아가 말했다.

"저도 너무 행복해서 목이 멜 지경입니다."

백작이 말했다.

"아주 행복한 아버지와 아들입니다. 참, 후작, 곧 파리를 떠나셔야 하지요? 며칠 늦추시면 안 되겠습니까? 제 친구들을 몇 명 소개해드릴까 해서요."

"저야, 백작님 지시대로만 하겠습니다."

백작은 주머니에서 돈 뭉치를 꺼내더니 안드레아의 손에 쥐어주었다. 그리고 안드레아의 손을 소령이 쥐게 하면서 말했다.

"자, 이 돈은 아버지가 아들에게 주시는 겁니다. 이건 약속한 돈과 별도의 돈입니다."

그들은 밖으로 나가기 전에 백작에게 언제 또 만날 수 있느냐고 물었다.

"토요일에 오퇴유의 퐁텐 가 28번지의 제 별장에서 몇몇 손님들을 모시고 만찬을 하게 되어 있습니다. 그날 보기로 하지요. 후작께서는 정식 복장을 하시고 아드님은 간단하게 차려입고 오시지요. 저녁 6시 반입니다."

두 사람은 백작과 작별 인사를 한 후 밖으로 나가자 곧장 다정하게 팔짱을 꼈다.

누아르티에 드 빌포르 씨의 유언

　　여기는 빌포르 검사의 집, 몸을 움직
일 수 없는 노인이 바퀴가 달린 커다란 의자에 앉아 있었다.
바로 빌포르 검사의 아버지 누에르티에 씨였다. 하인들이 아
침마다 노인을 그 의자에 앉혔으며, 의자 옆에는 방 안 전체
를 비출 수 있는 커다란 거울이 있었다. 노인은 그 거울을 통
해 방에 누가 들어왔다 나가는지 다 볼 수 있었다.

　온몸을 전혀 움직일 수 없는 이 노인에게는 오로지 시각과
청각만이 생생하게 살아 있었다. 특히 노인의 검은 눈에는 그
의 정신 속에 충만해 있는 모든 에너지와 지혜가 집중되어 있
었다. 그는 손가락 하나 꼼짝할 수 없었고 소리를 낼 수도 없

었지만 그 살아 있는 눈으로 모든 의사를 표현했다. 이 중풍 환자의 말을 알아들을 수 있는 이는 오직 세 명뿐이었다. 그의 아들 빌포르와 손녀 발랑틴, 그리고 늙은 하인 바루아뿐이었다. 하지만 빌포르가 노인을 찾는 일은 극히 드물었다. 아버지를 보러 와서도 아버지의 뜻을 알아듣고 아버지를 기쁘게 해주려고 노력하지 않았다. 노인은 오로지 손녀 발랑틴에게서만 행복을 찾고 느낄 수 있었다. 발랑틴은 사랑의 힘으로 노인의 눈길에서 모든 것을 읽어낼 수 있었다. 그래서 둘 사이에는 언제나 생생한 대화가 오갈 수 있었다.

빌포르 부부가 안락의자에 앉아 있는 노인에게 오더니 바루아를 밖으로 내보냈다. 빌포르는 노인의 오른쪽에 앉고 아내는 왼쪽에 앉게 한 후 노인에게 말했다.

"아버님, 아버님께 말씀드릴 일이 있어 왔습니다. 아버님께서도 찬성해주시리라 믿습니다."

노인의 눈에는 방으로 들어온 아들 부부를 처음 보았을 때와 마찬가지로 아무런 표정도 떠오르지 않았다.

빌포르가 말을 이었다.

"아버님, 발랑틴을 시집보내려 합니다. 3개월 내로 결혼식을 올릴 겁니다.”

노인이 표정 변화를 보이지 않자, 빌포르 부인이 말했다.

“아버님도 좋아하실 신랑감이에요. 집안도 좋고 재산도 많은 데다 아주 훌륭한 청년이랍니다. 아버님도 아시는 청년이에요. 프란츠 드 케넬 남작이랍니다.”

빌포르 부인의 입에서 프란츠라는 이름이 나오자 노인이 눈이 부르르 떨렸다. 빌포르는 이미 예상하고 있던 일이었다. 아버지와 프란츠의 아버지 사이에 정치적 반목이 있었음을 그는 이미 알고 있었다.

하지만 그는 아버지의 반응은 전혀 개의치 않고 아내의 말을 받아 이야기를 계속했다.

“이 혼담이 오갈 때 저희는 아버님 생각을 했습니다. 결혼하면 발랑틴이 아버님과 함께 살게 될 것입니다. 두 명의 시중을 받으실 수 있게 되는 거지요.”

빌포르의 말을 들으면서 노인의 눈과 얼굴이 벌게지고 입술이 새파랗게 되었다.

빌포르 부인은 아랑곳하지 않고 이어서 말했다.

“그 집 가족들도 모두 이 혼담을 좋아하는 것 같아요. 가족이라야 큰아버지와 숙모뿐이지만요. 어머니는 프란츠가 태어난 지 얼마 안 되어서 돌아가셨고 아버지는 프란츠가 두 살일 때 암살당했으니까요. 그때가 1815년이었던가요? 아버님도 아시지요?"

빌포르가 옆에서 거들었다.

"맞아. 그런데 이상한 건 그 암살 사건의 범인이 아직 누군지 아무도 모른다는 거야."

노인의 입술에 미소 같은 것이 떠올랐다.

그들이 인사를 하고 밖으로 나가자 발랑틴이 들어왔다. 발랑틴은 할아버지를 보자마자 할아버지가 무척 괴로워하고 있다는 것, 자신에게 무언가 할 말이 많다는 것을 금방 눈치챌 수 있었다.

"할아버지, 아버지와 어머니가 다녀가셨죠? 제 결혼 이야기 때문에 화나셨죠?"

노인이 눈으로 그렇다는 표시를 했다.

"할아버지는 제가 불행해질까봐 그러시는 거지요? 할아버지도 프란츠 씨가 싫으세요?"

노인은 눈으로 싫다는 표정을 되풀이해 보여주었다.

그러자 발랑틴이 말했다.

"할아버지, 저도 프란츠 데피네 씨가 싫어요. 저는 어떻게 하면 좋아요?"

발랑틴은 막연히 프란츠를 싫어하는 것이 아니었다. 그녀는 지금 다른 남자와 사랑에 빠져 있었던 것이다. 다시 한 번 말하지만 발랑틴이 사랑하는 남자는 막시밀리앙 모렐이었다. 운명이라는 놈은 모렐 가의 아들과 빌포르 가의 딸을 서로 사랑하는 사이로 엮어놓은 것이다.

발랑틴이 프란츠를 싫어한다고 말하자 노인의 눈에 반가운 빛이 스쳤다.

"아, 할아버지께서 도와주실 수만 있다면……. 하지만 할아버지는 저처럼 슬퍼하시기만 하실 뿐 아무것도 하실 수가 없으니……."

그 말을 듣고 노인의 눈이 아주 복잡한 표정을 지었다. 발랑틴은 그 눈빛의 뜻을 알 수 있을 것 같았다.

"할아버지, 저를 위해 뭔가 해주실 수 있다는 말씀이세요?"

노인은 그렇다고 눈빛으로 말한 후 눈을 위로 향했다. 노인이 무언가를 요구할 때의 표현이었다. 발랑틴은 할아버지가 무엇을 원하는지 알 수 없었다. 그래서 발랑틴은 알파벳을 하나씩 노인에게 불러주며 노인의 눈을 살폈다. 발랑틴과 노인의 대화 방법이었다. 발랑틴의 입에서 N이라는 철자가 나오자 노인은 바로 그거라는 표시를 했다. 다음에 발랑틴이 O라는 철자를 대자 눈빛으로 "바로 그거야"라는 표시를 했다.

발랑틴은 얼른 사전을 가져다 펼쳤다. 그리고 NO로 시작되는 단어들을 하나하나 손가락으로 짚으며 노인의 눈을 주시했다. 발랑틴이 Notaire(공증인)라는 단어를 짚자 노인이 '그만'이라는 신호를 했다.

"할아버지 공증인을 부르라는 말씀이세요?"

노인이 그렇다는 표시를 했다.

"그럼, 아버지께 알려드릴까요?"

그러자 노인이 또 긍정의 표시를 했다.

발랑틴은 하인을 불러 빌포르 씨를 할아버지 방으로 불러오게 했다. 잠시 후 빌포르가 노인의 방으로 와서 물었다.

"왜, 그러세요, 아버님."

"아버지, 할아버지께서 공증인을 불러달라고 하세요."

빌포르가 왜 공증인이 필요하시냐고 수차례 물었지만 노인은 대답하지 않았다. 그러자 그 모습을 보고 있던 늙은 하인 바루아가 나섰다.

"영감님께서 공증인을 원하신다니 제가 불러오겠습니다."

말을 마친 후 그는 밖으로 나갔다. 그에게 주인은 누아르티에 씨밖에 없었다. 그는 노인의 의사를 거부해본 적이 없는 충실한 하인이었다.

바루아가 방을 떠나자 빌포르는 이맛살을 찌푸렸다. 아버지가 왜 공증인을 부르라고 했는지 도무지 짐작이 되지 않았지만 아버지의 눈길에서 무언가 심상치 않은 기색을 발견했기 때문이다.

한 시간이 채 되지 않아, 바루아가 공증인 데샹 씨와 함께 방으로 들어섰다. 공증인이 오자 노인은 눈으로 발랑틴을 불렀다.

이제부터는 독자 여러분을 위해 노인이 실제로 대화를 나눈 것처럼 이야기를 진행하겠다. 물론 발랑틴이 노인의 뜻을 모두 해독해서 전달했다. 노인의 눈빛만으로도 둘 사이에는 얼마든지 대화가 가능했던 덕분이었음을 독자들이 알아주기 바란다. 발랑틴이 노인과 공증인 사이에서 통역 역할을 했다고 보면 될 것이다.

공증인이 노인에게 물었다.

"혹시 「유언장」을 만들기 위해 저를 부르신 건가요?"

"맞아."

빌포르는 아버지가 도대체 뭘 어쩌려는 것인지 도무지 알 수가 없었다. 검사는 아버지가 「유언장」을 만드시겠다니 아내를 부르는 게 나을 것 같았다. 그는 하인을 시켜 아내를 불러 오게 했다.

공증인이 말했다.

"그렇다면 묻겠습니다. 노인장께서는 당신의 재산이 얼마나 되는지 알고 계십니까?"

"알고 있소."

"제가 적은 액수부터 많은 액수까지 천천히 불러보겠습니다. 제가 말한 액수가 노인장의 재산과 일치하면 신호를 보내 주십시오." 노인이 그러자고 하자 공증인이 액수를 말하기 시작했다.

"노인장의 재산이 30만 프랑은 넘나요?"

"넘지."

공증인은 숫자를 차츰차츰 늘려 말하기 시작했다. 액수가 40만부터 80만에 이르기까지 가만히 있던 노인이 90만 프랑에 이르자 그렇다고 대답했다.

"노인장의 재산이 90만 프랑입니까?"

"그렇소."

"부동산인가요?"

"아니오."

"그렇다면 「공채증서」인가요?"

"그렇소."

"그게 어디 있는지 물어도 되겠습니까?"

그러자 노인이 바루아에게 눈짓을 했다. 바루아는 즉시 밖으로 나가더니 잠시 후에 작은 상자를 하나 들고 들어왔다. 그러자 공증인이 말했다.

"이 상자를 열어봐도 좋겠습니까?"

"그러시오."

공증인이 상자를 열자 그 속에서 90만 프랑의 「공채증서」가 나왔다.

"이 재산을 누구 앞으로 남기실 작정이신가요?"

순간 빌포르 부인이 나섰다.

"물어보나 마나예요. 저분은 손녀만 귀여워하시는데요. 발랑틴은 6년간이나 할아버지를 돌보아드렸어요. 그동안의 헌신적인 봉사와 사랑의 보답으로 발랑틴이 유산을 받는 건 당연한 일이겠지요."

공증인이 노인에게 물었다.

"부인 말씀대로인가요? 노인장께서는 이 유산을 발랑틴 양에게 물려주시겠습니까?"

그러자 노인은 사랑스런 눈길로 손녀를 잠시 바라보았다. 누구나 그렇다는 대답을 기대하고 있었다. 그런데 노인의 답은 그게 아니었다.

"아니오."

공증인을 비롯해 모두 놀랐다.

"제가 잘못 안 게 아니지요? 분명히 발랑틴 양이 아니란 말인가요?"

"아니오."

발랑틴도 깜짝 놀랐다. 그녀가 할아버지를 쳐다보자 노인이 깊은 애정이 담긴 눈길로 화답했다.

그러자 빌포르 부인이 나서며 말했다.

"아버님, 그렇다면 손자인 에두라르에게 남겨주시려는 건 가요?"

노인은 증오의 눈길을 그녀에게 보냄으로써 분명히 아니라고 답했다. 이제 남은 건 빌포르밖에 없었다. 그러나 공증인이 빌포르 씨에게 넘겨주려는 것이냐고 묻자 노인은 이번에도 아니라고 부인했다.

모두 어안이 벙벙해 있는데 노인의 눈이 발랑틴의 손을 응시했다.

"할아버지, 제 손을 말씀하시는 거예요?"

그러자 노인이 그렇다는 표시를 했다.

모두들 "발랑틴의 손이 어쨌다는 거지요?"라고 물었다.

순간, 발랑틴이 소리쳤다.

"아, 알았어요, 할아버지! 제 결혼 얘기지요? 그렇지요?"

그러자 노인은 눈으로 세 번이나 그렇다고 긍정했다.

발랑틴이 노인에게 물었다.

"할아버지는 제가 프란츠 데피네 씨와 결혼하는 게 그렇게도 싫으세요?"

"그래, 싫다."

이번에는 공증인이 나섰다.

"그럼, 발랑틴 양의 결혼 상대가 노인장의 뜻에 맞지 않기 때문에 재산을 상속해줄 수 없다는 말씀이시군요. 제 말이 맞습니까?"

"그렇소."

"그러니까, 만일 손녀가 그 결혼을 하지 않으면 상속해주시겠다는 말씀이시군요."

"그렇소."

방 안에 무거운 침묵이 흘렀다. 빌포르가 입술을 깨물고 있다가 말했다.

"이 결혼에 대해 이런저런 의견을 말할 수 있는 사람은 나뿐이오. 내가 저 아이의 애비이기 때문이오. 나는 내 딸이 프란츠 데피네 씨와 결혼하기를 원하오. 그러니 저 애는 그와 결혼을 해야 하오."

빌포르의 단호한 선언에 발랑틴을 눈물을 글썽이며 의자에 주저앉았다.

공증인이 노인에게 물었다.

"노인장, 발랑틴 양이 프란츠 씨와 결혼하게 되면 그 재산을 어떻게 하실 작정이십니까? 가족 중의 아무에게도 주지 않겠다면 가난한 사람들을 돕는 데 쓰시겠다는 건가요?"

노인이 그렇다는 눈짓을 하자 공증인이 말했다.

"법으로는 가족의 의견을 완전히 무시하고 유산을 남에게 넘기는 것은 금지되어 있습니다. 그걸 알고 계신가요?"

"알지."

"그렇다면 노인장께서 돌아가신 후 가족들이 「유언장」 집행을 거부하게 될 겁니다. 그래도 좋습니까?"

그러자 빌포르가 나섰다.

"그런 일은 없을 겁니다. 아버님은 제가 그 유언을 그대로 지키리라는 것을 잘 아시고 계십니다."

그 말을 듣고 노인의 눈이 빛났다. 빌포르는 공증인에게 노인 뜻대로 하라는 말을 남기고 아내와 함께 밖으로 나갔다.

즉석에서 「유언장」이 작성되었다. 「유언장」은 여럿이 보고 있는 가운데 봉인이 되었고 공증인 데샹 씨가 자신이 보관하기 위해 서류를 가지고 나갔다.

누아르티에 드 빌포르 씨의 유언

몽테크리스토 백작 1

생각하는 힘: 진형준 교수의 세계문학컬렉션 25

| 펴낸날 | 초판 1쇄 2018년 2월 1일 |
| | 초판 2쇄 2018년 11월 15일 |

지은이	알렉상드르 뒤마
옮긴이	진형준
펴낸이	심만수
펴낸곳	(주)살림출판사
출판등록	1989년 11월 1일 제9-210호

주소	경기도 파주시 광인사길 30
전화	031-955-1350 팩스 031-624-1356
홈페이지	http://www.sallimbooks.com
이메일	book@sallimbooks.com

| ISBN | 978-89-522-3821-4 04800 |
| | 978-89-522-3842-9 04800 (세트) |

이 도서의 국립중앙도서관 출판시도서목록(CIP)은 서지정보유통지원시스템 홈페이지
(http://seoji.nl.go.kr)와 국가자료공동목록시스템(http://www.nl.go.kr/kolisnet)에서
이용하실 수 있습니다.(CIP제어번호: CIP2017035125)

책임편집·교정교열 오석하 이해옥